U0073821

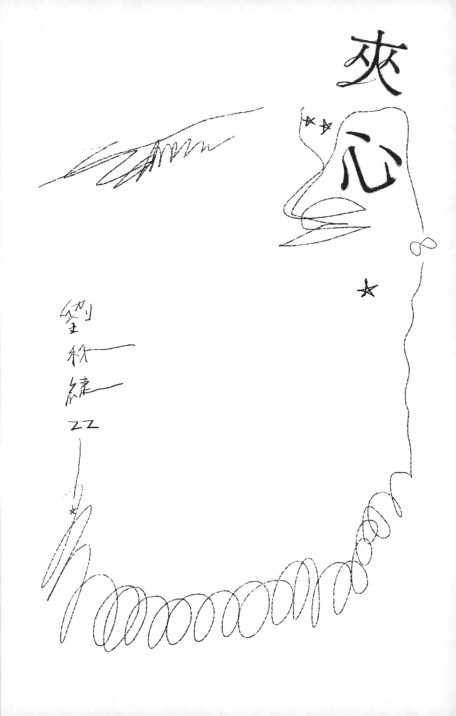

序

正在福岡和實進行三天份的母女旅行,與爸爸保持
聯繫,密切傳訊,同步我們發生的事情。他說:「你
們像好朋友出去玩。」

路上先是我一下公車就丟了信用卡、再來她下計程
車就丟了剛買的浣熊卡片——她打算拿來當信用卡
玩店員遊戲的。之後互相提醒要把東西放進包包裡,
一路扶持般地到了旅館,關上房門、落下行囊,終
於有了安全的感覺,即便是只有 12 坪的房間,脫掉
衣物在大片窗景的床上蹦蹦跳跳,那些共感的經歷,
讓我們有著相同抵達快樂的路徑,頭靠著頭在床上
說話到睡著,多麼像她還在我肚子裡,共體,相依,
所以共情。

這個共情的片刻是相處三年的累積，這三年有很多
時刻是一直在重整自己，太不清楚何謂親子關係，
有界線的話是想怎麼保持自己，怎麼愛她的可愛，
也要認清壞只是過渡期？怎麼以一個家的角度思量
生活？有時要在心裡與她保持距離，才能釐清。這
三年的起伏，我都訴諸日記。

《夾心》是一本寫了三年的母親日記，很短，成
長幅度卻大，像新生兒長大的速率一樣。整理的過
程，歷經了三次交稿。第一次初稿交得早，新手父
母好像初識字，課本都讀過了但是寫不好；第二次
處於兩三歲的稿，歷經多次低谷爬出來、或是出不
來的時刻，整份看起來滿是傷痕，過於露骨的悲傷，
我向編輯坦言，真的是不知如何是好。

最後一次遲至進排版前才交，我發現了做母親的箇中滋味，原來是在同樣的挫折上有長進，比如一歲寫「現在」、兩歲寫「現在！現在！」到三歲已經是「能等待的現在」，成長自有把一個苦痛推翻的處方。

看個三年，就想回頭拍拍自己的肩膀，不是要因為會過去不用在意，而是要在意個仔細，生命自會給你驚奇，引你看見更多動心，而關係正需要這份用心。

期望《夾心》是滋潤，人生有這麼一段好吃的部分，都因為困頓而深刻。

謝謝我的先生叮咚、孩子小實。

目錄

序 —— 2

I 語言有魔法：小實說

① 走一走就會有風
—— 說小孩的直言與智慧

不要，還要 —— 15

連起來的話 —— 17

明天 —— 18

想哭 —— 18

第一次說 —— 19

不用說話 —— 20

走在路上 —— 22

07：44 —— 22

邏輯正確 —— 22

一些可愛 —— 23

走慢一點去上學 —— 24

哭以外的選擇 —— 27

走一走就有風 —— 31

複述 —— 33

步伐裡有風 —— 34

② 你有很愛我嗎?
—— 說一些愛的長相

料理的連結 —— 37

我喜歡一直對你說好 —— 40

心疼 —— 43

媽媽你有很愛我嗎? —— 47

③ 媽媽你有感覺到嗎 有一點點風
在下雨裡面 有一點風
有一點葉子在動 它(樹)有感覺到
—— 講快樂

另一種快樂的眼光 —— 49

哥倫布式的快樂 —— 51

失眠 —— 53

關於哄睡的一些事 —— 54

交換陪伴喜歡的事情 —— 56

④ 一邊躺著，一邊尿尿
—— 講小孩任性

現在，可以緩緩 —— 63

現在，可以等待 —— 66

成長需要空隙 —— 69

我的小孩哭了一整天 —— 73

戒掉奶嘴 —— 77

三歲的真假虛實 —— 81

⑤ 「晚安寶貝 你要跟我說什麼？」
　「我要跟你一起睡著了」
—— 那些睡前的事

剛剛好 —— 85

夾心 —— 86

把兩個愛她的人愛回去 —— 89

不知道怎麼當媽媽 —— 93

聲音 —— 94

等我醒來 —— 97

II 家族旅行

發展一個漂亮的大腦 —— 102

走路到海邊很好，只待在家裡也很不錯 —— 105

氾濫與重生 —— 109

感受長大 —— 113

嬰兒的鏡像觀看 —— 116

泡澡後的吹頭髮 —— 117

旅行需要練習 —— 118

接住 —— 121

享清福的可能，就是你做一個很好的大人 —— 122

我喜歡可以一起玩的地方 —— 127

台東的出差是過生活 —— 130

半生不熟 —— 134

III 家事

吃飯三事 —— 140

家具 —— 147

安慰 —— 152

相像 —— 155

可以跟我一起站在門口了 —— 159

吃飯 —— 160

做決定 —— 163

跟她在一起時間過得很慢 —— 166

很小的事情 —— 167

打包 —— 168

找到解法了嗎 —— 170

小實去上課 —— 174

記生病 —— 175

太想控制了 —— 177

兩歲的陣痛 —— 181

改變會有新的發現 —— 182

事情歸位 —— 187

有事，回家要說出來 —— 189

讓我們以小孩為中心 —— 191

河流 —— 194

如何撐傘 —— 195

有時候不需要明智的決策 —— 198

我終於看懂她的不愛睡覺 —— 200

我的餘裕與她的空間 —— 205

I 語言有魔法．小實說

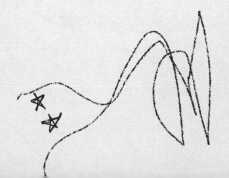

①

走一走就會有風

說小孩的直言與智慧

1y6m

不要，還要

她知道語言有魔力，也知道她有不遵守字意的任性。這週就要一歲七個月了，比起不要不要，新冒出來的還要還要，顯得非常討喜。還要真是一個讓人心花怒放的詞，會讓還要的那道菜變得非常好吃，讓你傾力遞給，給她到不要。

她其實不常說不要，這個詞比較像語無倫次時的夢話，每天快要睡著時，那條睡前蓋上沒事的棉被，讓她感到非常礙事。她說了三次的還要還要，在第四片節瓜應和著送上來之後，她一口也沒咬的就自動不要了。

她常常誤以為自己還要，我應該要知道，第二次的還要是幌子，每天早上的優格就是在第二次的還要之後，凍結，一口也沒再吃下去。

我想她是知道語言的魔力，會拿著手機嘰哩呱啦，

也會期待話筒裡的聲音，有時她比較喜歡聽～

她剛剛說不要不要的時候，我說你只是為了反對而

反對吧。她低聲呵呵笑，她真的知道，她知道自己

有不遵守字意的任性。她常常可以聽不懂，她的人

生一切都還充滿，沒關係。

1y11m

連起來的話

小實開始把字連起來。

之所以說「連」，在每個字與字之間產生了猶豫，

以一種走路的步伐在前進。

她是「黑──黑──黑──黑熊」黑了三次，才與

熊連結，非常可愛。她在試圖將字的意義推得更遠。

一開始是「爸爸──爸爸──爸爸ㄋㄟㄋㄟ」，順

利地要爸爸去泡ㄋㄟ ㄋㄟ。從單純的字，漸漸連成

一個主詞＋動詞的祈使句

2y4m

明天

我：「昨天比較好玩還是今天比較好玩？」

實：「明天。」

2y4m

想哭

我：「你哭的時候我跟爸爸出去，哭完你再打給我
們好嗎？」

實：「我會想你們。」

2y5m

第一次說

早上起來跟她生氣

請她跟我說對不起

她通常都不說的

可是在我去廁所的時候

跑來抱著腿

說

我愛你

我愛你

她沒有說過這句的

不用說話

請你說對不起

三個字對你已經有意義

寧願沉默不語

命令凝結

沒有說出口便轉身離去

我也離去

去廁所梳洗

你從背後抱住了我

小小的身體

埋在我的雙腿裡

不肯說的話

變成不用說的話

身體都知道

大人有大人需要的對不起

小孩的對不起是愛你

2y5m

走在路上

實：「我牽你，

　　　不然會有車。」

2y5m

07：44

實：「媽媽，好多鳥在叫喔。

　　　牠們在說：想睡覺」

2y5m

邏輯正確

實：「我想去羅馬人欸，

　　　我咳嗽了所以要去泡熱熱的。」

實：「爸爸咳嗽了，好險你有買中藥。」

2y10m

一些可愛

我：「下次你哭的時候要喊什麼？」

實：「不好意思。」（捧臉，笑）

實：「我怕會下很多雨，我帶很多雨衣好嗎？」

◎ 火鍋吃到一半

實：「我差不多已經飽了。」

◎ 採買時

實：「我們不要買太貴的吧。」（輕聲）

◎ 問她是不是很不舒服？

實：「我要去看醫生。」

◎ 藥水只喝一半

實：「我明天再喝。」

走慢一點去上學

出門時她總會問：「今天走路去嗎？」說想開車，
她小聲提議：「我想用走的。」

早起一點有餘裕的時候，我們提早出門，就能慢慢
走路去。

出門是一條緩緩的上坡路，一開始有點窄，都要緊
挨著路邊停車的車，讓趕著上班的車開過。但很快，
路就變成從一台車到兩台車都綽綽有餘的尺度。也
讓一個不想走路的母親，有遼闊的餘裕。

那個寬闊感是不必小心翼翼，小孩不自覺就走到路
中間去，兩旁車開走了露出野草漫山的風景。我是
跟著她才開始走路中間，山上的車沒有城市危險、
壅塞，我很喜歡小孩走路的天性，往寬闊的地方走
去，讓我這個大人走路的框架被解放了。

有次被對面牽狗散步的鄰居提醒，讓小孩靠邊走比較安全。我點點頭示意。

實還會問：「走樓梯嗎？」上學的路有個捷徑是走樓梯，往上走三層樓人家的高度而已。

有次走上去，實冒出了一句：「很快就到了吧！」（一聲的吧）

震了我心，她正在帶領我。

沒有說服，也沒有道理。

只是帶我走路，讓我腳踏實地，關起車窗來會錯過路上的風景。

小孩的生命，至此有了她決定的路徑。

媽媽老練的眼光，被習慣或懶散框住的規矩，放鬆了，跟著她看東看西。

她很快就會跟我一樣愛看劇、看手機、沉迷在各種形式的文本裡。

也許很快，她就也麻木於每日走山路的花香鳥語。

今天也走路上學，她說：

「有風。」

「有太陽。」

「頭髮吹到我的臉上。」（瘋婆貌，大笑）

我在她臉上看見風（和瘋婆）的形狀。

那陣風也吹進我心裡，保留在每一次要走路上學的決心、然後自己回家輕快的腳步裡；也在，每次生完氣後覺得你只是個小孩而已。

大笑的，和煦的，你詮釋的春天。

吹拂了我已經過了三十幾年的春天。

生命如此相依的交互傳授經歷，是母齡兩年後確切感受的美。

2y5m

哭以外的選擇

昨天是送托的星期一，在公園接回家，吃外帶回來的飯，她不滿意又餓的各種哭鬧。週末好不容易建立起來的生活默契，好像總在送托第一天瓦解，明明才驚嘆又找到一家好吃的外帶。

小實不買單的絕對性，讓我們對於吃食戒慎恐懼。晚飯只吃一口，她就要養樂多來喝，再要氣泡水，開冰箱要找柳丁……任何不是盤子裡的東西。

但是，我已經不太擔心了。她不再是小時候只是不吃哭泣，她明確展示「其他選擇」的慾望來表達肚子餓，只是不喜歡這頓餐。

爸爸切了蘋果，她坐在地上配著書吃，把書唸了好多遍，不知道選《永遠愛你》這本書是不是在提醒。

我發現她喜歡和媽媽有關的情節，又或是，整體的繪本環境大多只著墨於與母親的關係。實很明顯地對母親偏好，有一陣子會只要媽媽推推車、只要媽媽洗澡陪睡，拒絕爸爸插手她的生活作息。大一點的時候，她會明確說出「我只要媽媽幫我做。」讓爸爸很傷心，我也試著找過幾本爸爸的繪本，但她沒有興趣。

實的母親依附系文本

《Dumbo》 有一次去看演唱會，把小實託付在心愛的朋友家，他們一起看了小飛象的電影，戲裡沒有爸爸，小飛象和媽媽分別的劇情帶給她很多好奇，彷彿沒想過母子有一天會分離。戲後她頻頻問：「小飛象的媽媽去哪裡了？為什麼要被賣掉？」，她只懂得若是這樣的話，會讓「小象哭哭」。

《永遠愛你》 實從嫩嬰時就在看的一本朋友贈書，用生命的四個階段來展現母子關係裡從親暱、吵架到離家再返家的家庭歷程，台詞以媽媽永遠愛你為重複的旋律。最後主角長大，書的最後轉以爸爸為主觀視角在哄他的孩子，實幾次都抗拒結局變成爸爸，不停反問：「為什麼是爸爸？」

《龍貓》 是實的第一部宮崎駿。一開始，戲劇每每總在小梅掉到大龍貓肚子上就會喊停，因為實會慢慢垂下嘴角，然後大哭泣，是嬰生第一個遇見的怪物，嚇到哭。過了恐懼的坎，小實宣告長大的同時，便開始帶入了情感。和姐妹一樣對龍貓著迷，一樣為突然不能返家過週末的媽媽著急，不在意劇中出場明明比較多的父親。如果說出來的話是一個小孩的劇評，那麼，一句話解讀龍貓小實版就是「媽媽在醫院，小梅要去找她。」

《**阿祖再見**》 我的阿嬤過世時，朋友捎來了這本書，即刻救援了悲傷的我、不知如何向兩歲小孩述說死亡的狀態。《阿祖再見》從一場媽媽家的喪禮開始，過世的也是媽媽的阿嬤，張羅的角色是媽媽和媽媽的媽媽，男性的角色在書中式微了。

2y6m

走一走就有風

我：「今天好熱喔，我會被曬乾，怎麼辦？」

實：「走一走就會有風。」

走到椰子樹那戶人家的時候樹影搖動，實說：「你看，有很多很多風。」

第一次在老師家不耐的說要回家，但是又很想跟小朋友一起玩種綠豆的遊戲；脫下又穿上的鞋，但是要即將離去的媽媽一起去。我問她：「是不是怕傳染給大家？」她點頭，口罩又被鼻涕沾濕了，於是把她帶回家。

去公園，只跟我坐了蹺蹺板，就說要回家，牽手走路回家。

我去退冰雞肉，她指明要坐在廚房檯面。

我看她一臉疲憊，問去睡覺好嗎？她不要。

我說你去睡覺，我在旁邊工作陪你好嗎？她說好。

搶先去床上躺好。見我把枕頭立起來要工作，就也學著立起枕頭說要陪我，坐起來，說：「跟你一樣。」

2y1m

複述

實開始會複述剛剛發生了什麼狀況。

去東市場買排骨，出來時走錯路口，找不到咚，邊找邊跟她說現在的處境。她一上車馬上向爸爸報告「媽媽、走錯路、好笑」。找咚的路上看到幾箱魚，指給她看說「鰻魚」，黑黝黝的身影讓她說出「怕怕」，向爸爸說明時說出看到「饅頭」，我「？？？」，實還進一步解釋「饅頭、游泳、怕怕」。我才想到是鰻魚，她接著補述畫面「不要擠、不要擠！」

實認識了樹懶，可是不叫牠的生物名，而是雙手慢動作爬起來說「很─慢──很─慢──」；說到大象則是「背後有沙」；敲敲門會說是「無尾熊回家」，這些是她從動物園看到的樣子。

兩歲一個月的複述，有對生命好生動的描述。

步伐裡有風

小孩學習的不是語言，是表達自己與你產生連結的
辦法。

回家時，實已經會說：「回家要把外面的衣服脫下
來。」
用手擦擦她弄髒的嘴巴時，她說：「我不會說，不
要了。」
那些正在建立的、曾經抗拒的事情，都養成了習慣。

在內湖寬闊無人的人行道上，她邁開的步伐裡有
風，彷彿前面的道路都是被她開拓。
我好想就一直走，目的地是盡頭。那個看不到結尾
的快樂，很自由。

②

你有很愛我嗎？

說一些愛的長相

2y1m
料理的連結

晚餐苦惱了一下午，翻翻冰箱食材搜尋關鍵字，惦記著一條五花肉，買的時候是要給自己挑戰的。幾個食譜裡切它的快感，有刀子俐落的聲音。那分解的過程有更源頭在掌握與處理的時間感，使用路徑讓一整個廚房都屬於我。300g 的五花豬，寬度不夠，切片之後變得很小，但這個尺寸很適合我們家，太大的肉塊總是倒胃口。昆布浸漬過的高湯，煮滾後下柴魚片再煮兩分鐘，然後篩掉，就輕盈透澈。

五花肉醃過，下油鍋煎，我一面去校對教學影片，暫停，回來煎，加調味料，上色又香香的樣子，沒想到會出自我手。這一鍋子的油量與香氣，向來只有在阿嬤或是媽媽的廚房才會出現，料理原來是一種，成為母親的過渡客體 (*)。

於是，實的晚餐一直出現「還要」、「肉！」。

「這些過渡事物似乎介於膚淺與深刻、介於明顯事實的簡單理解與曖昧潛意識的深入探測之間。」料理的技能總算成為我能給孩子的所有物，連結胃與心，焦慮與關心。成就了再繼續面對吃剩過多的勇氣。

彷彿食物進到她的身體，就能與她的健康相聯繫。

她吃好的時候，我們真的都會好開心，是眉頭與心情都鬆開的那種。

咚很支持我做菜，我一說少什麼，他就義無反顧要下山買齊（即便他很累）。一個家的完整是互相支持彼此要做的事。

小實吃得肚子好漂亮，充滿了元氣，說著還要「阿莓」，還說自己洗，怕弄濕了深愛的白狗衣，主動要脫下來。

喜歡是一種生存的動力。她今天一直堅持的，就是不肯脫掉這件喜愛的上衣。她知道，她會愛，因此她存在。我有時得信任她的決定。

（＊）過渡客體

在健康的發展上，小孩會從過渡現象以及過渡物的使用，進展到有完整的能力可以玩遊戲。

這些過渡物品形成一組現象，影響所及包括小孩子的遊戲、文化活動以及其他興趣：這個廣大的領域，剛好是介於外在世界的生活以及做夢之間的中間地帶。

小孩子生活的特色，就是透過遊戲來運用外在世界，但卻同時保留了夢想的所有強度。……我們允許他們擁有中間生活……都屬於我們給剛起步的小嬰兒休息的地方，那是我們剛剛指望稍稍區分夢與真實的時候。

——出自《給媽媽的貼心書：孩子、家庭和外面的世界（The Child, the Family and the Outside World）》，唐諾・溫尼考特著。

我喜歡一直對你說好

枕著手掌睡覺，隔壁的小實面向我，手輕輕的放在我的手臂上，手掌心傳來她呼吸的起伏，我好像多了一個脈搏，傳送而來很多的幸福與平靜。

我覺得有點奇異，才想到她通常是背對著我睡，幾乎是習慣轉過身去睡，只有到熟睡，鬆懈，無防備，才會轉過睡臉。

清晨，小實突然醒來哭著要ㄋㄟㄋㄟ，離開去泡要她等，她卻放聲大哭，連熱水都還沒按上加熱鍵，就看見她拖著被被走出門扉之間，只好抱起來一起泡奶。戒奶嘴的這個月，喝奶的頻率變得頻繁，六月末出國時，幾乎沒有喝奶了。喝奶是她戒斷後轉而投靠的慰藉，越加親密的舉止也是。這兩週，睡前，我們聊很長的天，以我愛你告結，伸長手臂抱抱，親親嘴。

回家的公車上，她又再問我一遍：「媽媽剛剛你為什麼要抱著我走」說的是我在公車站接咚與實，在車門打開的出口，就伸很長的手，把實抱走。很想她的時候也很想緊抱她，雖然才八個小時沒見，已經長到構成想念。說明一直抱她的原因，就只是「因為我很想你啊」而已。

說回家我們去洗澡，實說好，又說先喝檸檬水，再玩一玩。我說好。遂又回頭說：「我要幫你洗背，還有洗ㄋㄟㄋㄟ。」不要違背你的意志與渴望，我最方便的就是繼續說好。

長大是每一天都有新鮮、複雜的大腦作業，曖昧的口齒打結，說不清楚的事情，可以全部都先用愛當解釋。

1y8m

心疼

去整骨，醫生說骨盆前後錯位，右邊肩胛往下掉，所以腰疼所以肩頸痠痛。

整的時候痛得叫，本來在一旁走來走去的小實跑來捏我的肩，神情緊張也哇哇叫起來，我一邊痛一邊覺得好好笑。回家看照片，她把我的衣服都揪起來了，那麼用力在為我心疼。

整完骨醫生給了幾個注意事項，其中一條是：不得搬重物。我們看著小實說：「那……她算嗎？」

感受到凝視壓力的實馬上跑來要我抱，醫師說：「算」。

抱起來安撫，剛剛整好的骨頭，彷彿都一筆勾消了。

○　○　○

嬰兒會心疼嗎？

華盛頓大學在二○一八年做了一項有關嬰兒觸覺與學習的研究。

觸覺是五感之中最早被發展出來的，但是相關的研究甚少。於是研究員觀察嬰兒在手腳被觸摸時的大腦活動圖像，以及當他們觀看成人手腳被觸摸的反應。

被觸摸時腦中有反應是可預期的，但令人感動的是，當成人被觸摸時，嬰兒即便只是觀察的角色，他的「觸摸中心」也會有反應！這個反應在成人上很正常，就像我們看電影被切手指什麼的，會有自

己手也要被切到的緊張。但這個研究發現，人早在出生七個月，就有了這樣的感應。

研究員指出，「關鍵在於嬰兒大腦的同一部分記錄了兩種觸摸，這表明嬰兒能夠識別自己身體部位與他們在其他人身上看到的部位之間的相似性。」

而這個觸摸感的原理，相同於嬰兒透過模仿在學習大人的種種行為。

「在他們說出身體部位的詞之前，嬰兒會認識到他們的手就像你的手，他們的腳就像你的腳。神經身體圖有助於將嬰兒與其他人聯繫起來：認識到另一個人『像我』可能成為嬰兒的第一個社會洞察力之一。」

這種「像我一樣」的認可，最終會變成對他人的同情。

○　○　○

整骨時，深刻感受到小實與我同步疼痛，她的視覺
觸感發揮了相當戲劇性的作用，雖然馬上要我抱的
部分代表還沒發展到同理，但已經相當動人。以腦
科學分析出情感的連結，研究從 touch 開始，最後
的結論相當 touching。
抱緊處理是必然！

媽媽你有很愛我嗎？

高速公路上奔馳的同時看著窗外，那裡的草地很乾淨，因為沒有人停留，各種形狀的樹，樹葉茂密的像全身戴滿了帽子，樹幹是看不到的，我很想進去，待在裡面，不會有人來，我想走的時候就離去，這裡很安全，既開闊、又密閉。車速 100 的街道應該很安靜，沒有人在那一秒的停留下能看見，躲在裡面的我，那麼小，睡得那麼好，看得那麼不清楚，所有的心情都能沉澱出雜質，被時速 100 公里的載去。我不知道目的地，可是需要遠去。我走不遠，可是我的心可以向視線去，與我經過，之後就擦肩而過，沒有人能夠看見樹裡面的我。

她不在的時候，我多了很多時間，只是看著窗外。

隔天，咚在家受訪拍攝，我帶實出門，兩個公園之

後去「和盼」，坐在椅子上，餵她吃吐司。反坐在椅子上的她，吃到一半轉頭問了一句：「媽媽你有很愛我嗎？」她也感受到我們這陣子相處的低氣壓，向愛確認，答案如真理，只是我還在學著愛你的同時也愛自己。

媽媽你有感覺到嗎
有一點點風
在下雨裡面
有一點風
有一點葉子在動
它（樹）有感覺到

講快樂

2y0m

另一種快樂的眼光

說我們去看鹿。睡了兩個小時的實沒有起床氣，躍躍欲試，要去找藝術季裡那隻竹編「阿鹿」。

給她看手冊裡的照片，當她看見作品本尊時，要我翻開手冊那一頁，說：「一樣」。我們就以手冊先行的方式去探索各種「一樣」的真實樣貌，實很興奮於這段找到一樣的過程。

藝術季「發現」的樂趣，被小孩的玩心加乘了各種讀取的新視角。

說我們要走到鹿的肚子裡好嗎？實說：「怕怕」，待在原地。無視我牽著手拉著要前進。我說那麼媽媽先去，她說好。當我踏出步伐，她就也跟上。即便有點害怕，但充滿好奇。

身體被包覆在作品之中，抬頭探望不到天空，只有

竹編空隙的光。跟室內看展不同的是身體具流動的
自由，可以瞬間就移動到戶外草地，再從外回望，
小孩沒有進到空間的封閉感，有來去自由的選擇權。
我感到實是享受這樣流動的。

在攔沙壩作品的竹桿間跑來跑去，難道小孩天生就
有玩躲貓貓的能力？天性讓他們光跑步就成了遊
戲，幾個幼稚園的小孩跑了進來，成群的在其中追
逐，那個穿梭的速度感很令人開心。

我想藝術家一開始並沒有這樣的設定，是小孩給我
們另一種快樂的眼光，讓作品儼然成為公園裡爬立
體爬欄杆的遊具。

2y1m

哥倫布式的快樂

今晚過得真好。和平，不討好，不打發，不違心，平等，順暢。

晚上實拿洗好的被單，跳跳跳，跳到九點我抱起她說我們去睡覺，她果斷說好，讓爸爸訝異。上床後，我們一直說話，沒有急於哄睡，而是在睡前，創造一起把今天用完的感覺。說今天在幹嘛啊，唸著沒有意義的小字頭的詞：「小實、小狗、小鳥……」接著，沉默的實似乎是想了很久終於想到，大聲喊了一句：「小白！」然後自顧自地重複了好幾聲，好有自信，好得意，好可愛，哥倫布式的快樂。回應之前寫下的：「最大的快樂是克服困難、達成目標、發現秘密的快樂！」那是勝利，可以自理、控制的獨立。

她笑到屈膝，快樂到把身體左右滾起來。

突然唱起生日快樂歌，我給她點蠟燭，她轉身去書櫃拿講豆知識那本繪本《まめしば》，我也知道要為她翻到插滿蠟燭大蛋糕的那頁，邊看邊唱，她在腦中建立了一道神秘的連結「生日快樂歌、吹蠟燭、繪本那頁」。吹完蠟燭還是很想再吹，我說只能再一次喔，因為燭台裡蠟熔成一片不好點，按捺不住打火機的火光搖曳，照著她因為專注而抿起了嘴唇的臉龐，拉長了幾秒的等待，絢爛地已經在我心裡放了煙火。「吹完了就要等明天（才能吹）喔！」實的珍惜，變成好謹慎的表情「嗯！」一聲回應，光是吹熄，就夠掌握了幸福。

小孩是掌握瞬間感受的大師。pure to feel, to enjoy every simple first touch.

2y5m
失眠

左邊，咚一個轉身，將我的身體環在他的臂彎裡；

右邊，實打直的左手直拳伸向我，擊向我的面頰，

擊來一股溫熱。

有點幸福，有點快樂。

兩旁的熟睡，夾擊我打著哈欠的失眠。

關於哄睡的一些事

★ 輕拍的順序

腰骨→（開始打盹）→背→胸口

強─────────────弱

將嬰兒面朝自己的胸口，然後輕拍，

聽著心跳，需拍成心跳的節奏。

★ 海獺抱法

將嬰兒靠在自己的胸口或是肚子，然後抱住他。

想像兩人在水波裡，上上下下、左左右右，自然晃

動。

★ 輕按耳朵（垂）、髮際（睡穴？）

★ 以食指點在左眉毛與右眉毛中間

★ 在腳掌以畫圈圈的方式，從上到下畫一遍

交換陪伴喜歡的事情

報名港都認識王的「大港開吃」，九點就要報到，我們早餐也沒吃，便推車趕往鹽埕埔站集合。事前主辦人有提醒，這場導覽會走上一段路，可能不是那麼適合小孩參與。

不過，一看到活動預告就很動心，想用吃了解這個近期一直拜訪的地方，離開編輯工作，很少有機會再進一步摸清地方的樣子。母職讓我知道，要帶小孩參與想去的活動，事先的設想不能太多，一旦產生恐懼，視小孩為溫室花朵，就只能當寸步難行的園丁。所以我心一橫的大膽報名，這個要是隻身一人輕而易舉就能享受的行程，試想可能與「實」俱焚。

帶著小小孩不容易，這是我事後才敢一一列舉的恐懼：

一是聽導覽 × 她還沒長出來的耐心

二是隨地而吃 × 她挑食成性

三是活動時段 × 不符合她作息

早上起來，潛意識想知道餓肚子會不會讓她跟著「大港開吃」吃得比較多、願不願意嘗試新口味，一種想要挑戰離開舒適圈的慾望。小實似乎已經可以分辨爸爸和媽媽帶她的不同，爸爸細心設想備案與樂趣，媽媽自顧慾望挑戰險境。

一個人帶她坐客運去藝術季，一個人帶她坐飛機三天兩夜遊東京，這次一個人和她參加導覽，她讓我

感到不是被「一個人帶她」這樣定義，而是她陪伴我的意味更多。

活動開始之後，我知道她餓了。導覽仔細但因為擔憂而顯得漫長，我開始將耳機裡聽到的話翻譯給她聽。直到瀨南街，喝到果菜汁讓她補充血糖恢復元氣，自己下車來跟著解宿醉的配方也要加檸檬汁，解除的是第一波幼兒不耐的警報。
在排隊領到餐包後往人群的尾端走去，大快朵頤。介紹到路面上的牌樓時她不在意，西餐廳的布丁她破天荒的吃了兩口（實不喜歡蛋糕甜食），剩下的媽媽開心接手。跟著拿竹籤刺一塊市場裡的炸魚，小孩像邊緣人坐在隔壁攤的長椅。

她所表現的沉著，在隔天再帶爸爸來時顯現：「我和大家一起來這裡。」

我才意識到，她以觀察來跟著「大家」這個新鮮的群體。一路上我說「大家要走了，我們趕快」，或是「大家在前面還沒走，我們等等」。遵循著大家的步伐，開吃時搶著要吃，即便只吃一口。盲從是一種人類天性，用於試驗小孩嘗試非常有趣。

一起走到新樂街的最後一站，媽媽流口水想去戳一塊炸魚骨背，小實開始喊著要回家，總時程一個半小時多的紀錄，讓我再看到炸花枝端上桌、身手矯健的阿姨衝上前要再補撒胡椒罐……味道以腦補的方式進行，身為母親的我們要歷經多少次，想逛的地方就在面前而不入、想吃的東西忍住口水就自我安慰少了脂肪。

Terrible two 的小實安然整場，我已無憾。

提前離場，我們去買剛剛路過的蘿蔔糕，外帶到公

園邊吃邊玩，然後去小房子書鋪，念完很多書後，實選了一本哀傷的韓國繪本《雨傘》，才甘願睡倒在我肩上，一路睡到回住宿，睡到我看的第一場大港開唱是下午四點半的真真唱甘巴爹，實還沒醒。

交換陪伴喜歡的事情，是媽媽帶小孩，比較自私而不累的邏輯。

兒童節一起快樂。

④

一邊躺著，一邊尿尿

講小孩任性

2y9m

現在，可以緩緩

意識到收起情緒再轉換成理性，是要花一生學習的事之後，對小實的直哭不諱比較能理解。這樣去看待快要三歲的她真的好可愛。

在書店見到造型橡皮擦的她，一見鍾情，從海洋生物選到保齡球，到最後定錨的是便當組合，我問要不要再整家店逛一輪，可能有更喜歡的。她緊握著心意已決，督促還閒逛的我們：「快點，要去結帳！」我說我們也要挑大人的東西啊，她才緩下急躁，跟我們站在同陣線般，拿東拿西問：「這個好不好？」只要見我沒有反應，她就毫不猶豫放回去。她已經不是以前喊著：「現在！現在！」令人髮指的小嬰兒了，最近會說：「我好想搭飛機」或是「我

好想～去那裡」在想不出更好的回答之前，我只能如實表示：「我也好想去，可是我們要先賺錢。」這麼實際。研究顯示：「在三歲結束前，人類的大腦（包括一千億個神經元）已經完成 85% 的生理成長，這是所有思考與學習的重大基礎。」這些神經讓它將過去經驗變成了想念，而非急躁的要馬上實現。

十點才到家，過了洗澡上床的時間，我們倉促擦澡就寢，她本已癱軟的姿態，突然又鮮活起來，說：「我還想再玩一下下」，提起的精神是要玩新買回來的便當橡皮擦。最近幾個晚上，她會在上床後說想再玩一下，有次折返回來說：「媽媽我不知道要玩什麼」，我就有點慚愧，家裡玩具太少了，很多是別人給的。

她把便當橡皮擦的零件一個個拆開來，梅子、米飯、便當盒，這麼小而乾脆，就能讓她的雙眼專注

到滿是愛意，散發出一種嶄新的開心，似乎有什麼在翻轉她的腦袋那麼神奇。她拿起比指頭還小的筷子，作勢一粒粒的吃米飯，易開罐倒扣進馬克杯，跟我一人一杯，乾杯。家裡一直都有真實的食材和道具供她玩煮飯的遊戲，可是小小的她需要駕馭比她更小的玩具，才夠成為一種遊戲。

很晚了，問了三次都得到「再玩一下」的回應，忘記最後是怎麼玩夠了才捨得上床，玩具只有橡皮擦那麼小呢。

她說：「好險有這個，就不用鬆餅熊熊和廚房玩具了！」上個月在九州的書店見到這兩個好想要的玩具，聽見我們說：「一起再看看。」她就哭到崩潰，直到我們說這是要來當生日禮物的。沒想到一個月後仍然念念不忘，而我們又太小看她滿足的能力，她因為一組便當橡皮擦知足的樣子，讓人好想再買下去。

3y6m

現在，可以等待

「你都沒有在喊『現在』了耶！」看完一兩歲的文稿，回頭問三歲的實，她的「現在」去哪裡了？
她在我吹頭髮時，進廁所說「大便了」，我會說等等我吹完才能幫你換尿布。忙不及她要的現在，我會說我現在在做什麼事情，我只有一雙手，事情要一件一件來才能完成。三歲是明白需求會被滿足，等待就會到來。短短三年，一個小孩的「現在」可以等一下了。

第一次寫下一歲五個月的她喊出的「現在」，是在一個過晚睡又過早起床的六點半，我為她熬粥煮蛋，依舊在期待她睡回去，但又不可得的早晨，現在要吃東西、現在要去走走、現在 #$%^) (&...... 不清

楚的時候哇哇大哭。一歲半孩子對時間的概念可以用一個詞來概括——現在。她還那麼小，現在是她的全部。

我也巧合地在一年後的兩歲五個月寫了現在——「現在！現在！」

一年後的小孩多了慾望，現在變得濃烈。爸爸帶著起床之後開始了一波又一波的哭著要。要自己來、要指定位置，要拿不相干的器具、要打蛋打不破、要攪拌卻灑出缽，這些都沒關係，失誤觸發的不順心，是人之常情。小孩擁有最大的恣意，就是世界只有自己，這就能與在世界之外的大人產生衝突。

執意「現在！現在！」就要喝養樂多，不顧爸媽還沒用餐完，不願依循倒在杯子喝的安排，插了玻璃吸管只喝兩口，就放任一整杯幾乎全新的不要。

小孩可以置之不理，大人習於防範未然，因此疲憊於收拾善後。

她沒有不對，因為還是小孩，理所當然沒有體諒，沒有惻隱之心，沒有經營關係的能力，沒有未來，只有用兩個驚嘆號來抓住的現在。

大人也是活了很久才長出了這些能力，如果讓小孩這麼小就學會，實在太不公平。

我偶爾也享受一些對自己有利的不公平，那些每一個要喊「現在」的時刻，就是雙手一攤，看著家事散落一地，不管，躺在沙發上。

3y5m
成長需要空隙

浴缸的水孔密合不了，一面泡澡，水會一面流光，也好在小實泡澡的水量只需淹過大腿，不會太浪費。流光之後又再注水一次，我說：「再流光的話，我們就要洗頭、起來囉」，要是沒有這個停損點，洗頭和出浴缸真是遙遙無期。

穿好衣服，吹頭髮的時候我都會感謝，小實的髮量是給父母的恩賜，又輕又少，很快就能吹得一頭暖和。實說好燙，我就會把吹頭離遠一點，最後她會摸一摸前鬢，提醒我靠近臉的地方總是沒有吹乾，那是因為我不想熱氣烘到她的眼睛。

睡前的行程好多，緊接著漱口，嘴巴要鼓起來，用力發出咕嚕咕嚕的聲音，然後，我們終於可以上床。

打開夜燈是為了剔牙、刷牙，醫生說小孩的牙縫不求緊密，比較不容易卡東西，小實下排門牙排得過緊以致於歪了。我想所有還在長的狀態，都是需要點空隙。

小孩牙膏的泡泡不用吐掉，可以躺著刷，真好，苦命的是媽媽，駝坐在床邊，從洗澡到刷牙，每天每天把她的身體都照料一遍，想起以前剛送保母，還問她有含洗澡嗎？後來想，洗澡雖瑣碎，但也就是這麼一個細看她的機會，有時候回頭望，瑣碎與珍貴，只是在念頭的轉換之間，看當下的方式就不一樣了。

在張開嘴巴和張太久要休息之間，把 19 顆牙齒刷乾淨，她已經第二次秘密地和我表示：「醫生忘了幫我照 X 光。」生怕被醫生聽到、那個逃過一劫的模樣，是她人生第一次的僥倖嗎？

又長大一點了，她品嚐得到這種，偷偷從哪裡溜過

去不被發現的樂趣。也驚訝她的記憶力，那是半年前定檢時，後排下方少長了兩顆牙齒而必須做的 X 光檢查，因為穿上太重的鉛衣，她害怕地哭起來而沒有做成。是害怕的強度讓她印象深刻至今嗎？小孩怎麼會沒有記憶。

昨天的鼻涕倒流，和兩個禮拜來的鼻膜出血而成的血塊鼻塞，突然地就在今晚終結了。她終於能睡得順暢，共枕眠的我也是。所有照顧的庶務隨著一天的尾聲做完，結束，心裡升起一股「和平」，脫口而出了：「我愛你。」然後晚安，實回過頭來一聲：「我愛你。」然後我很喜歡她承襲我總是接著的下一句：「我也愛爸爸。」
那是在早一陣子，她明顯的表示對爸爸排拒時，我在晚上對她說我愛你時，都會加一句：「我也愛爸爸。」

一整天，好壞的情緒會通通跑過一遍，跟她在一起，讓我想用我愛你結尾一天。

也相信語言有力量，也想彌補爸爸總是沒能一起睡覺、缺席的分量。

2y4m

我的小孩哭了一整天

實爆哭著整趟回家的路，哭到最後只是虛應故事，張著嘴發出哀鳴。眼淚都哭乾了，喊著：嘴嘴，嘴嘴，嘴嘴。兩度要抱兔子娃娃，兔子娃娃可以安慰一下下，哀鳴就繼續。

我們的心情被哭得無所適從，不知道怎麼定義，沒有解方，哭泣在三人身上有著不同的面向，同樣的無助，卻無法因同感而停止彼此的悲傷。

下車，上樓的前幾刻她就好了。不確定是不是上山讓她安心了。我問為什麼要哭這麼久和這麼大聲，她沒有說話；我問是不是肚子餓，我告訴她：「你哭得我們心情都很不好。」

一到家，去尿尿，她急著開書包，氣急敗壞。我說：「你用說的我才知道怎麼辦，不要用哭的。」爸爸

覺得她是吃不飽，晚上帶日本朋友吃飯，吃了她不喜歡的高麗菜飯，但我回想中午吃了有飯有肉有菜，個別分開又乾淨的家庭餐館，她也是不吃。這是她的選擇，我們已經提供變化。

抓去洗澡，今天太多行程，她太亢奮，七點起床八點半就出門，陪我做 PCR，陪我們上五樓搬行李箱，陪我們見朋友和吃飯，只有公園和 gelato 是屬於她的。午睡四點才睡，五點就又起來，睡不好。

前陣子她太常嚎啕大哭，哭到我受不了，把她放在門口，問她說你要出去哭嗎？她點頭自己走出去，我關門，等一下再去問她好了嗎？她含著眼淚忍住哭聲說，好。她還那麼小，我這麼老，老到承受不了？她卻要開始忍住眼淚。

今天是無效的，哭泣在車內穿破腦膜和脾氣，忍耐和轉換。咚說，讓她哭吧。

洗完澡也繼續同樣的悲傷，我也繼續同樣的威脅：「要不要去外面哭？」爸爸進來說不要這樣，包裹著浴巾的實在廁所哭泣，穿衣服後要衛生紙，我按著讓她擤鼻涕。擤了三回之後，漸漸冷靜。有意識地，克制自己的哭泣，她很努力，肩膀上上下下在喘息，撫平剛剛哭得喘不過氣。我說不哭了我們再吃嘴嘴，不哭了再關燈喝ㄋㄟㄋㄟ，好嗎？躺著喝嗎？她上床，看起來比平常更嬌小，小聲地說：「媽媽睡我旁邊。」我的小孩哭了一整天，而我都在生氣，直到這聲音讓我流下眼淚。

後來我去收洗衣機裡的衣服，去烘去曬，她又起來，要我睡在她旁邊，然後跟陪睡的爸爸說：「你去睡下面。」其實我又生氣了，她不能總是把妥協和退讓將就的狀態視為常態。跟她說爸爸要睡我的旁邊，這是爸爸和媽媽的床喔，她說好。雖然最後爸爸還是睡在地板的床墊上。

2y9m
戒掉奶嘴

兩歲九個月，戒奶嘴。來得突然，只是因為送托忘了帶奶嘴，老師也提議趁機戒掉。

下課，咚帶實去公園，夜晚有久違的涼爽，晚餐煮好牛小排丼的我，不小心就乘風倒地睡著了。晚餐完去倒垃圾，實又去騎腳踏車，騎到我洗完澡回來。幫她洗澡時開始哭著要嘴嘴，靠在我身上吹頭髮。老師說午睡第一次沒嘴嘴，睡得不安穩，晚上也過度使用體力。太過頭的時候，她都需要奶嘴來平復自己與休息，甚至咬著咀嚼就是一種休息。

洗完澡在床上穿尿布，念著嘴嘴，然後立刻，反身下床去廚房找，到處找不到讓她哭著原地旋轉，無助感無處宣洩到只能踏地，伸手空抓，哭喊：「我的嘴嘴咧？」「請給我嘴嘴！」「我的嘴嘴到底在

哪裡？」「怎麼都沒有？」

在旁邊看了很心疼，知道是拿出來就能解決的災難，全家人一起無助，彷彿只能一直走動來撫平，即便把燈都關上了，她還是要往外走，眼淚沒有停過，只要自己擦，不肯、堅決地躲避不讓我擦去她的淚流滿面。爸爸也是好不容易才抱起她的抗拒，我真的呆坐在一邊，看這場爆裂。

育兒常常是關起家門來手足無措，咚提議出門坐車，像小嬰兒時期一樣，空間轉換的路上，心情也會有流動的餘地。她已經太累了，找不到可以休息的出口，我們說：「去老師家拿嘴嘴」這個提議讓她馬上冷靜下來。任憑我抱上安全汽座，沒有預計中的秒睡，眼睛開開闔闔，身體攤成一種疲憊的姿態，瀰漫了整車的無力感。我開始明白小童的爆裂，是身體太過疲憊的反應，是心理在找尋一種依歸的秩序。

開了兩圈，回家，上床，中間哭哭醒醒了兩次，意識不清時的不安，泡奶就好。

早上，六點半就起來，找嘴嘴。咚調整好昨晚鄰居送的滑步車，以換取注意力，開啟新的眼界是他很擅長且有效的解決方案。實問：「昨天不是有開車去老師家拿嘴嘴嗎？」大人被自己的謊言搪塞得啞口無言，我想這不是真實性的問題，對於小孩需要一點魔法和想像。

後記

兩歲快要三歲，七月有種還在適應就度過的感覺。

適應長途旅行，適應回國後生病，適應要隨時清理病毒，適應尋常的作息中，總有讓她不舒服的感受，從不適應到慢慢痊癒。

實不適應沒有奶嘴，我們也仍舊不適應，不適應一過度疲憊就需要奶嘴的哭泣。

可是一個禮拜過去，她很努力，這個吃了她一輩子的東西，其實只有一次驚天地動鬼神的哭泣在索取，其他時候，她都是很快就過去。

爸爸覺得有失控到新高點，我就想著她又大了。

3y0m
三歲的真假虛實

三歲的媽媽，順利用萬用鍋煮了這個家出現過最好吃的雞湯炊飯。三歲的爸爸不好意思的承認上次燒焦是因為他多按了一次煮飯，讓我這次小心翼翼又耿耿於懷，說煮兩杯米吧、我怕又燒焦了一半。結果這次就算遠超過平常食用的份量，一家三口「空空賞」都吃光光，證明平常小鳥胃近乎於不好吃的象徵。

兩歲一定是很不容易的一年，我終於知道前輩說的長大了就好了，不是實質意義上的「好」，而是心智淬鍊過後比較能消化的「好過」。

小實的名字隱含著一股未爆彈的意思，她真切的為我的生活帶來重擊或是說扭轉。

快要三歲的她喜歡當醫生。

「小北鼻狗狗受傷了，他有一點發燒。」

「大狗狗的手受傷了。」

「很多動物都發燒了，可能是他們吹電風扇。」

「我幫他們包紮，因為他們發燒了。」

她用耳溫槍量一隻史努比，然後把他丟走過去，說：
「他還在發燒」，問她你用丟的喔？醫生不在意的
回答：「沒關係啦」。

三歲的她喜歡這樣知道是扮演，自稱為「真假」的
遊戲。

當她為事物覆上「真假」開頭時，請不要太認真，
不然就要鬧出事。

有一次她說要切檸檬，向我們要刀：「要切東西的小小的那個（砧板）」，爸爸扶她到廚房給她真刀時，她才拗起來說：「我要（玩具）香蕉刀！」「我要真假切！」然後哭。

大人問號。

三歲的真假虛實有個自由的結界，入戲跟她自由穿梭時很幸福。

晚安寶貝
你要跟我說什麼？
「我要跟你一起睡著了」

那些睡前的事

2y1m

剛剛好

AM01:19 露營。

雙人充氣床墊配雙人尺寸的電毯，熟睡的小實，睡在我的右邊，打呼的咚睡在入口，我在中間，側身向實的時候，左手臂是涼的，右手臂依著電毯發燙，婚姻是這樣，家庭是這樣，卡在中間，一半一半的。

側躺向實，左半邊的身體是涼的，背後是咚的打呼聲，眼前用手確認實的身體有沒有著涼。一條電毯上剛剛好的安放我們三個人的身體，剛剛好這個詞，又怎麼能算是擁擠，但也絕對不是足夠揮霍的寬裕。家庭有時候是這樣的。

夾心

半夜起來,睡在中間,左邊摸摸小實的手,右邊與
咚十指緊扣。

我才發現我不再以侷促為小的睡眠而抱怨,這份緊
密有一種很親暱的依偎,是一種連睡眠都僅靠著不
會再孤單的感覺。

睡前,她問爸爸去哪裡,已經回答過好幾次,我發
現複誦是她確認、安心的方式。我說爸爸去拿相機
明天要拍照,她說:「我會想他」。

我常常在接她時問:「你今天有想我嗎?」她一開
始都不會回答,現在她會應用在自己可能的想念
上。

睡在邊緣的她想翻身,同樣不可得啊,一直被我擋

住。她會懷念住東京時一個人睡一張床滾來滾去的自由嗎？

我不會了耶。

我很喜歡他們在左右。

即便是被兩個生產者夾攻。

我小時候有想念嗎？我也有這樣一起睡？

睡眠時間佔一天的三分之一，是我們一天當中與身體最緊密的時刻。是枝裕和在寫法國電影《真實》的劇本中，有一個描述是小孩到了五歲還是和父母一起睡，女主角問他：「這個小孩有什麼問題嗎？」法國小孩很早就和父母分房睡，文化風情養育著小孩不同的睡眠習慣。

她有一天會睡在自己的房間，我和叮咚有一天也可能覺得分床比較自在，像我們的長輩。這樣睡在中間的日子——我喜歡摸她的小手，臉貼近她的鼻息。人終其一生，很難得有這樣貼緊著睡眠的年歲。我多幸運，是屬夾心，左右都有得依偎。

2y4m

把兩個愛她的人愛回去

今年回嘉義很多次，小實明顯和阿公阿嬤變得親暱。那個本來以為沒有後援的孤獨感，沒了！

這個過年她可以獨自待在客廳和阿公阿嬤相處，吃水果和餅乾，玩玩偶，不用黏著我們一起。情感依附的範圍推她走得更遠，她能自主地走出父母待在的房間，去客廳找阿公阿嬤，不像以前一定要牽著我們的手，才能出房間、要我們一起坐在沙發，才敢和長輩玩。

不知道是不是疫情寶寶的關係，小實是界線感很重的孩子，從還軟嫩、以抱為行動工具的嬰兒時期，就抗拒所有長輩協助和擁抱的熱情。除了長時間相處過的保母老師，就沒有其他可以獨處的對象。讓

我們很難稍稍脫去手臂的重量、喘息。

因此我很感激這次的變化，原來她擁抱的是熟悉感，那是時間累積而成的安全感。一年回婆家四五次，我看到咚父母愛小實的方式，就像他們對咚的照顧，和我的原生家庭放我獨立長大，是截然不同的，一種全然包覆型的照護。

像是幾年前回嘉義去「覺醒音樂祭」，公公會開車載我們到活動入口，然後在我們玩到出場時，於對街等著接我們去吃宵夜，即便我們說可以自己行動──他覺得親自接送比較安全；要回台北的清晨，婆婆會比凌晨更早地買好了我喜歡的劉里長雞肉飯便當，讓我們在三個小時的車程後，剛好當午餐──她讓我們回山上就不用煮飯。小實要吃不吃的，婆婆面對那碗被拒吃的飯，從多炒一盤蛋、到接連使出三種以上的水果、再不行的話至少喝牛奶、最後好吧餅乾總喜歡。也終於知道阿嬤的冰箱

為什麼要放那麼滿——因為她有一個不愛吃飯的孫女，才有滿冰箱的備案。

小實沒有經過那種長輩說「叫阿嬤～」，而擬聲跟著嘴型喊出「嬤～」，然後眾人姨母笑的萌反應。她向來對於叫長輩、打招呼、說再見這些「禮貌」置之不理，越是要她在陌生狀態親暱，她越是把頭埋進我們懷裡。但是總在相處出熟悉感之後，會用哭著道別表示跨過禮貌的愛。她的情感很誠實，不認輩分頭銜，認感受，在感受中累積了可以擁抱和不捨的關係，我覺得比禮貌還深刻。

此時，實在床上趴著抓床邊，重複問著：「媽媽你在寫什麼？」我說我在寫日記，寫你今天已經可以和阿公阿嬤玩了。往後每次她再問我，她會自己複述成：「寫阿公阿嬤跟我玩」，我說對，她接著唱：

「小寶貝快快睡。」能再多把兩個愛她的人愛回去，我覺得她累積了幸福的能力。

2y5m
不知道怎麼當媽媽

哭著洗完澡，要嘴嘴的時候，最不需要的，是媽媽的嚴厲和理性。爸爸擅長分散注意力，媽媽求效率，只會換來哭得不可理喻。

理性是最用不得的語氣，我把工作的壁壘分明也用在家庭。

忘記情愛是最不需要說清的一種情緒。

只是要擁抱，只是要疼惜，我只是不知道——

放寬界線，會不會變成寵溺。

直接使用禁令，對兩歲的生命，確實，太過嚴厲。

在半夜喝奶時，向她坦言說：「你當過媽媽嗎？我不知道怎麼當～」

「可以吃奶嘴嗎？可以看電視嗎？可以什麼都說好嗎？可以不要哭嗎？」

聲音

實很累了，不怎麼哄就想閉眼，喊要ㄋㄟㄋㄟ之外，
還說了「聲音」。

我問什麼聲音，她說：「下雨」，驚訝於我以為沒
有存在感與催眠效力的白噪音，其實她一直都有
在聽。記得上週是放叢林的聲音，問她有聽到鳥叫
嗎？她才仔細去聽，回覆我說有，很喜歡的樣子。
放柴火的聲音，她會指認那是阿米叔叔在露營時燒
木頭。那麼安靜的聲音，能讓閉眼睛也有畫面，帶
著入睡。

習慣性的事物，持續久了，會進入潛意識的位置。
很喜歡一天終於到了睡前，是育兒的甜蜜點，同在
安放疲憊的我們是平等的。斷斷續續說話的聲音，
說到只有呼吸的氣息。我要睡著了，不要管你有沒

有要睡，不去責備你的睡不著，知道你總會睡著，也不用討好你多睡幾分鐘，說話為一天作結。聲音殘留成腦中的畫面，我一直相信睡前的狀態會帶到夢裡。

3y2m

等我醒來

吃完飯一直很想睡，可是已經答應實要跟她去全家領牙膏包裹，坐在沙發上的我，睏意是一閉上眼就能進入熟睡的程度。實要我唸書，還是什麼，我記不得了，請她等等我：「我睡一會就會有力氣。」順勢邀請她：「先唸給我聽～」

實坐在沙發旁的地板，念起了《小阿力的大學校》，沒念完我就睡去。斷斷續續，睡睡醒醒，意識還在，只是有一種連眼睛都睜不開的疲憊。不先閉上眼，腦袋就不能休息。睡起來跟實說：「我好了。」一起走到全家取貨時已經晚上九點。

走上坡樓梯時跟她道謝：「謝謝讓我睡，睡一下下，我真的就有力氣了耶。」實又是怎麼一路飽滿到此刻的呢？是期待嗎？回到家洗完澡她睡著也已經十

點半了。想要工作的我因為要去安撫夜驚的她，又再度睡去。

○　○　○

想起她在沙發旁自己安靜地玩玩具，「等我醒來」也是一種任務嗎？實很明顯是會守著目的而實踐的個性，曾經在可以睡著的車程上，因為太期待游泳的目的，而自己唱著不要睡覺的歌來提醒。今天她跟我說了兩次的「對不起」，第一次的我忘了，第二次的是指責她拿爸爸工作用的鍵盤去玩，我說：「等他結束再給你。」她哭哭鬧鬧繞了一圈餐桌，我請她：「不用哭的，我聽得懂你要什麼。只是要

等等，爸爸會給你。」就轉身繼續家事。

最近心境上的寬裕，讓我能在情緒上有比較柔軟的彈性，我覺得除了是母職的歷練外，也是工作量變少才能有的餘裕。若我心上有待辦事項，便很容易起火。

三歲了，大人和她明辨事理的過程，能成為她的思考路徑。明白我過去純粹的壓制，只是一種思考斷層的捷徑，對她來說並不能理解。更加確定有生氣，一定要和她說明原因。

在我把滿載兩天的洗碗槽清空到洗碗機後，實跑過來抱住我的腳說對不起，剛從家事出來滿頭問號的我只覺得可愛，蹲下來問為什麼？她只是笑，笑到我好好奇。「剛剛爸爸的鍵盤啊。」她笑說，我也笑說：「我忘記了啊……我剛剛有生氣嗎？我有罵

你嗎？」她率真消化情緒後的對不起，著實讓我羞愧，可是也感謝剛剛生氣也都好好講清楚的我，沒有以大發雷霆來失禮。

II 家族旅行

旅行為我們提供抖動身體，甩除塵埃的機會，但不會像我們以為的那樣提供自由。相反地，它會讓人感受到一種減縮：旅行者被剝奪了熟悉的環境，宛如卸除龐大包裝般褪去平日的習慣，發現自己被拉進一種比較簡約的生存狀態。他也變得更開放，更樂於擁抱好奇、直覺，更能一見鍾情。

——《世界之用》

2y3m

發展一個漂亮的大腦

今天也是一起床就出門,要去看醫生。

醫生細數小實的小動作和大動作的時候,讓我覺得成長是一個很溫柔的名詞解釋。

小動作是會用大拇指捏著食指抓起頭髮,媽媽到處掉很多的頭髮。是撕貼紙,然後貼的到處都是。社交是眼睛會跟著人動,會打招呼,會說掰掰。我們沒說,她聽到音樂(即使是垃圾車)還會用肩膀帶動全身跳舞。

她真的長得很大了,成長真神奇。一年的功夫,媽媽停在原地,除了皺紋沒什麼長進,小孩突飛猛進,與世界越靠越近。

去臺大動物博物館,志工說,鳥類在一個月大的時

候就會長好一半，準備要離巢飛翔，餘生三十年的壽命，大概就是頭一年長得模樣。forever young。我們看著一隻長得比較小的鳥問牠是不是還小，他說不能用大小來判斷鳥類的年紀。每種哺乳類動物都有其為了生存的生長規律，人類用生長曲線的標準數值，和腦發展的指標項目，來記錄我們細微珍貴的發育。

而無能測驗的指數，在大腦與心理作用，更是幽微而遠大的發展「互動衍生出來的就是優質的刺激。這些刺激都會增進小寶寶腦部神經突觸的發展，若有足夠營養，神經突觸就會有更好的發展。」在《打造黃金腦：探索 0-5 歲腦部發育地圖》一書中，麗絲·艾略特博士寫道：「孩子看見、摸到、聽見、

感覺、品嚐、思考的每件事物都被轉化為神經元突觸的電波活動。而不活躍的神經元突觸——不管是沒聽過的語言、音樂,沒試過的體育活動,還是沒見過的山川,甚至從未得到過的愛,都將會枯萎死去。」

在數值的成長我們受先天影響,但去更多的地方、看到處的風景、音樂祭、戲劇、各式各樣的人,「體驗各種各樣的感受,其實都在幫助孩子塑造一個更美妙的大腦。」發展是,在看不見的地方,也要很努力漂亮。

2y11m

走路到海邊很好，
只待在家裡也很不錯

早上六點不到半　刷牙

比小孩和鬧鐘還要早　起床

但又在她叫媽媽—媽媽的時候

跟她一起磨蹭　賴床

才睡三天 身體就已經適應

床單 棉被 和枕頭上的質地

不同於飯店漿白過的　已經死去

會想滾來滾去

沒有半夜再起床的惡習

睡得太好

鼻子裡充滿木頭質地香氣

連光線都有適當分配的比例

透過百葉窗變成點點

穿過閣樓打在牆面

或是推開房門才拉長的光束

都讓我們在暗過於明的環境　入眠

也入迷

怕曬如我　竟也因此貪戀陽光的質地

早上是道別的好時機

看完日出的海岸很安靜

Lobby 的人跡又睡回去

我們的捨不得還可以理性

必須早起

打包行李

很慢很慢的收拾　情緒

很慢很慢的還有　假期的速率

唯一會讓我衝上樓的只有
拿奶嘴的哭泣

這可是有了小孩之後
第一次捨不得要回家
短住過 就想留下

2y2m

氾濫與重生

曾文溪本來是課本裡一條藍色的線，隨著長大出現在公路下面。今天，我踩在她乾涸的流域上。

一個會種芝麻、覺得走過野狗腳印會生病的小阿弟，和我們一起蹲下來，為地上蔓生的抓地綠蔓開出的白花著迷。問他這是什麼？他說應該是青堇，三色堇的堇。在這乾涸的泥土地，白色花瓣沿著藤蔓延伸至河的方向。

從河堤上望下去，乾涸的河床一片黃泥，看起來什麼也沒有，了無生氣。沿著堤坡下行，堅韌的植物貼著地，披著大地色系，這裡展露幽微的生機。

離溪流還有好大段路的距離，路面上枝微末節裡盡是可愛，讓我們走得好慢。蹲下來看，怎麼會有白

色絨毛的質地、燈籠狀的花苞、一隻螃蟹留下完整的屍體、被含羞草刺傷了手指，在這枯水期的河岸。

{土計畫}策展人陳冠彰說曾文溪代表的是氾濫，對村落和農作來說都是災難，但在鄒族的語言，沒有災難這個詞，氾濫等於重生，是新的開始。

曾經朋友問我生小孩是什麼？我直覺回了：「重生」，那是被新生淹沒後，逐步從很小很小的規律和秩序中重建自己的感覺。何亭慧在詩集《在家》寫的是：「美有許多，未必要擁有／但可以期待那些／落下又綻開的花朵」。終於我也見到那個殞落後再次綻開的花朵，是在每天無數的育兒生活中試錯後，偶爾共頻，體會快樂的品質原來是可以共有。

我很開心小實不是從課本裡的藍色線來定義一條溪。是吃其土壤推窯烘烤的作物、走上一段農地到

河床的路、在河床上迎著風跑步、仔細挑選一顆沖積下成圓形的石頭。

因為這樣，她不會肯定的說我認識曾文溪了，大地的記憶在她的身體川流下去，她會用這麼寬容的尺度和感受去長大。她是渺小的，認識是無限的。

我看小孩的 Terrible 2 是離開了與母親為一體之後，無所不能、有求必應的感受失衡而生，在意識先於口語與肢體的身體裡，難受。小實開始會在玩具廚房裡張羅一頓晚餐了，她會跟玩具狗狗說悄悄話，內容其實也就是「等一下我要開個門」，像我們平常對她一樣。

採訪家琦時，她說：「要讓小孩知道他可以表達」這句話一直在我心裡，咚說我很會跟小實聊天，我知道她也許會想說，於是變得有很多想問她的事情。甚至連夜驚那麼不可理喻的靈異事件，我都問，她眼淚還在臉上、用手指指著頭；後來又問，她說是

老鼠在頭裡面煮菜。我希望問到我可以有個頭緒，她的意識也會認識自己是怎麼了，以後會不會比較不怕了。

看她奔跑於無際時我感到很幸福，即便目的地是河流。楊順發老師說，疏通後的現在，是可以涉水過去的。那個無盡的感覺，讓一個小嬰兒知道他不是全世界了，不像城市裡到處豎立著盡頭與征服，我希望這個跑出來的無窮能一直成為她處世的體感。安野光雅以黃河為主脈絡，繪製《旅の絵本 VII》的中國篇。他說：「河是大自然的一部分，它不會順著人的思想，大河也曾經數次氾濫。」當我看自己育兒為重生，而小孩成長則如一條大河。

2y5m

感受長大

「我們覺得自己在看，但常常只抓到表面。」這是在《三千分之一的森林》的植物學裡讀到生命的哲學。小實的醫院闖關在小兒科→身心科→停在看診太慢的遺傳科，然而就在醫生都還看不出什麼結論之前，她長得很多。

她從只在家裡走路，到穿上鞋子後，走出了全世界一般，越來越不安於在座椅上用餐，走到隔壁桌對姊姊唱歌、試圖爬上椅子跟別人家爸爸坐。走路似乎開啟了她公關的本領（？），頭也不回的長大。

她說很多話、用盡她會的音節，說嬰兒國的話，唱歌起來也好好聽；但當她說不出不滿的原因時，她會皺眉頭大生氣，謾罵嬰兒語髒話，豆豆先生似的，

好好笑。她聽得懂，但懂得假裝聽不懂，往語言的反方向走。叛逆絕對是一種具體的長大。

她可以獨處，在相同的路徑裡走出樂趣、發現可以鑽研的（破壞）遊戲，還可以在有父母一起的空間，不黏我們，和阿公阿嬤相處好幾小時。嬰生第一次，可謂獨立。

她慢慢地試探幾次之後，終於敢跨越不同材質的地面（和鴻溝），也敢自己走進電梯，半蹲著感受重力，上升或下降。她有許多感覺和情緒，她試圖表達捍衛她作為嬰兒也想要的自主人權。她每天睡覺起來，心理和身體感知，都確實地在勇敢和衝撞。

即便在成長數據裡，她發育不良。而「我們是否太仰賴裝置，導致不信任自己的雙眼呢？或者，我們是否輕忽了不要科技、只需要時間和耐心來感受的事物？」

「要發現事物最好的方法不能透過尋找。他說要對目光所及的範圍之外敞開各種可能性，這樣尋覓的自然會出現。」

這些發現，擴展了長大的釋義。

也許她只是在等待春天，等著多曬一點陽光的季節。

像植物一樣！

而她也在默默儲備長大的力氣，開始夜奶。

嬰兒的鏡像觀看

這是採取他人之眼，行使了與其相同之注視的幼兒。

他人的眼睛是一面鏡子，提供幼兒一個可以附著上去的身體意象，此身體意象關聯母親的注視。

I am what you are looking at.

是「自我意識」的開端。

這個觀看的我，是一個聚納他人之眼的想像。

而人類的自我，本來就是想像的產物。

當嬰兒可以以名字自稱，他就進入了語言所給出的秩序之中。

2y3m

泡澡後的吹頭髮

今天洗頭，擦身體時我知道你會說：「我不要吹頭髮」，我會說那句：「可是你今天有洗頭」。我不知道原來你是在意「吹風機要小聲一點！」我說好，才聽見吹風機的最小力還是轟隆隆的好大聲，於是先給你聽最大聲的強風版本，再去聽弱風比較而來的小聲，你說好。這是我們一起認識的小聲。

出浴室，你說要給爸爸看你的身體，像是走出浴池的水氣模糊到更衣室的清晰可見歷程，我在穿衣服，你裸著身體跑來跑去，要去翻置物籃裡的東西，要去投飲料機。脫去衣物的輕盈讓你很開心，目光互動的體感讓你很新奇。你想給爸爸看，彌補男女湯分開不可見的遺憾。

旅行需要練習

還是放棄了壽喜燒，mina，古物店。咚知道我好想
逛街，但我們再也不是上次來住 Citan 的我們了。
對東京還不是很熟悉，也沒有一定要去哪裡的堅持，
這些都是需要好多次的經驗累積而成的。現在多了
一個小旅伴，她的喜好和習慣也重塑了我們正在上
手的旅行節奏與默契。

她不喜歡的好多喔，晚餐吃完哭了整條街的目光。
哭得心太累了，回家看電視很過癮，吃外帶回家的
串燒，小實意外買單，一直「還要！」即便「很
硬！」。小實說她想念保母，想回家，即便今天有
那麼新鮮好玩的公園，期待已久的羅馬人，她也沒
有要繼續旅程的意願。

「和上次好不一樣喔⋯⋯」

一整天，失望在我心裡不斷迴盪，做了那麼多功課，

這次那麼相信，掌握到了快樂的訣竅。

今晚我們沒有去有史以來離家最近的澡堂，和小實

就泡在浴缸。上次東京行有一天也是這樣，浴缸

小，我屈膝抱腿，但夠她伸直。我們很近很近，問

她是太冷嗎？還是吃不飽？還是小實想先回家，我

跟爸爸待在這邊？她又想，又不想。

今天哭太多次了。是不是離家旅行其實給她太多壓

力呢？

超出她理解範圍的新鮮，變成一種陌生而掌握不及

的壓力。

她問：「這是我們的家嗎？好漂亮喔！」
我說這是接下來六天的家，這裡是西荻窪。

明明前一晚還那麼期待，早上五點叫醒她說要去搭
飛機時，她還燦笑著睜不開的眼睛，讓我也動力十
足的好開心。很想跟她一起，練習、喜歡旅行。
如今，卻讓她承受不住。
又冷，又吃不好。
睡前我們回顧公園，商店街上的粉紅色大象，好像
對她來說的快樂，只有這兩項。很少吧？

旅行的快樂需要多一點體諒和創造，明天要繼續吃
好好吃的水獺麵包，睡飽再調整步調。

2y3m

接住

出發東京前夕，咚在發燒，全身痠痛下確認確診。

於是由我帶實，才兩天，我不知道他之前是怎麼熬過來的。心力交瘁，但也還可以，實已經會自己看書，看週刊編集上的動物群像，非常猶豫要選誰當「我最喜歡……」的答案。

我希望事情就位，因此對她的反覆食言不耐，用起最兇的口氣怒目，要她跟上。還要去市區拿鏡頭、換錢、買小餅乾，回家還有奶瓶要洗，已經只剩明天，很不悠哉。只能幸好我跟實怎麼測都是陰性的。

被我兇過的實都會張嘴大哭，全力到流汗，我都讓她哭完，哭完她會去看書或是做其他的事。有次回頭，她把圓形的衣架套住頭要我看，有次她在沙發上翻書，有次她和恐龍們在煮飯、小小聲講話，謝謝她接住了失控的我。

享清福的可能，
就是你做一個很好的大人

實行一個打一個，也讓我們好好想一下「自己帶」、
選擇還不去幼稚園的意義，不就是想要看見更多小
實學齡前、尚未社會化、與可惡並存的可愛，要大
不大的過度模樣。

畢竟長大應該是一大起來就，不可收拾。

早上開完會，和剪片仔爸爸交接，其實我不知道該
去哪裡，往圓山走只是因為地很大，跑起來可以很
無邊無際，就打算，從捷運站附近延伸出去。

面對小實也逐漸找到一個和平的關鍵：事先說明。

作為忠臣，就是要讓將軍心裡有把尺，她才不至於
在推車裡沒有頭緒，她也是行程決策那個蓋「可」
的人。

所以部下我就報告了我們先找食物，再去做什麼，
如果下雨就去哪裡（請問媽媽還要肩負導遊嗎？）。
光是知道，將軍就能安心。

餐廳一家家請示，決定在一個我存好久但因為步行
距離最長而壓甕底的選項，將軍懂選，將軍吃了近
期最好的一餐。我還確信了，小孩一旦被「請脫鞋」
都會很開心，她樂得自己脫鞋，收進鞋櫃，在餐桌
旁那麼小的動線路徑裡，滑行、倒退爬，撞到頭也
不在意。

她吃很好的時候，我都好希望餐廳可以提供半份的
選擇，不要跟我搶。像日本 100 spoons 都有提供跟
大人一樣，只是做成半份的兒童餐。

餐末，店員送上了一盤點心，我以為是她聽到小實的質問：「為什麼（沙拉裡的）葡萄只有兩個？」結果害羞的是，店員說了：「新書很好看」。我不知道味道怎麼樣，因為不吃餅乾的小實全部吃掉。

遇雨，我們很快就去北美館，很幸運，兒藝中心剛開新展。很開心，終於又有了忠於小孩的展──讓他們用身體看展。小孩開心，媽媽得以觀察周遭，一個好有禮貌的女孩，年紀還不到四歲，路過要去廁所時大聲道謝，讓我眼睛一亮。

她後來加入兩個三歲小童（含實）在遊戲區的勢不兩立，很快鑽出一條溫柔的遊玩路徑，在打破三歲的結界之後，她開始在地上鋪圓墊，並一邊跌倒一邊示意：「哎呦，跌倒的時候就可以跌在這裡。」

「超可愛……，難道快四歲就能享這種清福嗎？」我心中這樣想。

小姊姊後來被媽媽拉到旁邊，拉大耳朵偷聽到了「我們先去沒有人的地方玩」v.s.「我還想幫妹妹鋪墊子，她們會跌倒。」可愛的警鈴持續呼喊著救命！

只是媽媽後來還是把小姊姊帶走，因為她咳嗽了兩次。

我赫然發現享清福的可能，就是你做一個很好的大人。

小孩會變成你的樣子。

一打一的心得結尾，變成現世報啟示錄。

圓山的育兒半日遊

村秀家：與實搶食馬鈴薯燉肉，拖鞋入內，小實很喜歡，在地上打滾。

北美館兒藝中心：展覽「加加減減——和身體玩遊戲」。

JA 全農 日本農會直營店：去看看日本酒和食材。

食習：一定要吃雞蛋糕。

2y11m

我喜歡可以一起玩的地方

桃園市兒童美術館在一個量販店百貨的五樓，開去的路上想到在東京去二子玉川的「PLAY!」，也在百貨裡面，獨立的遊樂空間在入口處還有個停車場，停滿嬰兒推車。

百貨以販售商品為目的，我覺得當父母之後在意的是獲得體驗，翻譯來說是：放電。城市裡，公辦的兒童館和私人經營的課程教室為攜帶幼兒的時光漫漫，提供了室內的去處，它們的共通性就是，專為小孩打造。雖然名為「親子」，大人也一起去，有時不免想寫信給新資料夾，問：「感到很無聊的我難道是混蛋嗎」。

上次去新北美術館還有這次的桃園市兒童美術館，

都新奇的讓大人變成小孩、一起玩。身體被設計過的展覽開展了，眼睛不是讀取意義的唯一感官，我喜歡獻給小孩的展覽不具明確寓意目的，常常是用身體觀看。

小實畫白板是從上面畫下來，從左邊跑著畫到右邊，小孩子使用既定印象的方式，自由的近乎愉快，心的疲憊也被她跑出一條寬闊的路。釋放我們習慣性地被關在各種屏幕。

躺在名為「留給大海」的展區，使用感溫變色的材料，讓身體的溫度在布料上留下痕跡，小實說，新家也可以有這樣的地方嗎？軟軟的，很多枕頭躺來躺去。

實在那裡躺來躺去之際，媽媽在旁邊看了兩集的《藍色時期》。裡面說高中生的一天是成年人的一週，我覺得小嬰兒的一天是我的一個月，一句話、一個動作都能讓她再多長大一些。同樣的是「要每天被

各式各樣的事物感動，並茁壯成長喔！」

展覽是充滿想像的地方，反應在小孩身上是「有感覺」，有對話（實去兒童館時很像一隻跑滾輪的倉鼠）。兒美館對藝術的溫柔轉譯，是讓親子成為一體，在未知裡探索交集，是為 quality time。

桃園的育兒半日遊

丸三洋食屋：在社區內一個優雅靜謐的角落，豬排很棒的勝過炸粉的魅力。

桃園市兒童美術館：體悟到大人小孩的需求不同，能共感快樂的地方很難得。

慢食堂：吃刨冰，唱片櫃和書櫃都好好看，撿庭院的麵包樹葉掃地，塞車回程也愉快。

台東的出差是過生活

全家出差,要去台東過一週、拜訪那裡的家庭。

城市生活是建物到建物,是事情到事情。台東在這些之間,多了海的層次、山的起伏,自然以一種變化多端的恆常性,包覆著人類的渺小、失序與不確定。地區的價值觀不同,是環境塑造的。

帶著小孩的旅行,某部分會打破日常的規律。當了兩年的媽媽,有時會忘了兩歲還是很小的年紀,我們已經很久沒有遠行了,興奮的出門,從心理到生理做好萬全準備的防護,卻還是在飛機上哭了起來,是飛機太小嗎?座位太擠?耳鳴?空調太熱?沒有答案的時候我們只能推託不適應,或者更多難以言喻的感覺,嬰兒留有許多未解的懸案。

抵達森林家屋時，我才發現自己也有不適應啊。在城市運作如機械的規律感，在沒有家事而空曠的房間、沉靜的色彩裡，真正放鬆，陷入沉睡，起床有反作用力的疲憊，又再睡回去。再次見到咚，他一臉黝黑，映照著我沒有帶小孩的羞愧，他在正午，陽光正好的時候，帶著只願裸身的小實在野草漫生間玩，她的不適應就這玩掉了，說喜歡這裡，還說：「我要一直待在這裡，我要在這裡過生日。」

屋內摸貓狗、在溫潤的木頭地板上走，家屋門打開，太平洋的風吹進來，門前草原綿延到海邊，沒有邊界，寬闊的尺度彷彿沒有什麼能限制，她的世界好像就這樣被推得很遠，這難道才是小孩長大該有的體感？

去宏光家烤肉，小二自己醃的雞肉非常好吃。把小實抱上露天的斜屋頂上坐，跟小杯姊姊一起看滿月，牽著她其實無所畏懼，只有我比較怕滾下去。她來來回回，一次比一次更靠近屋簷邊緣，下樓梯也可以自己爬，後來還主動說：「我要去屋頂看星星。」

早上起來問她昨天在幹嘛，她說：「有一隻狗狗跑來，然後牠就暫停。」

我們的感官已經被自然感化，車窗打開，頭髮吹往腦後，咚回頭看，說後座的我們明亮，我說因為月光。

兩天家訪，都有一進門被接納的感覺，因而很自在，這其實是來自小實沒有適應期，她不彆扭，我們就寬心，不知道什麼時候開始跟她同步感覺了。

在小朱只有幾坪大的車屋 Tiny House 中，不覺得

小，這要是在台北，肯定侷促的受不了。狹小的體感，可能是來自巷弄、公寓樓梯、大門、玄關，各種規劃良好、功能分明的格局。在這裡，理想的空間就是有一座平台，我們今天在平台上切椰子、削掉厚厚的皮、切片、榨成果汁和氣炸椰子片，沒有廚房流理檯，就是在平台上把道具抽換就能完成一切。陽光變好了，體感與自然連結了，和煦而膨脹。小實要是待不住，她就走樓梯下去，是她的不耐帶我體驗這裡的遼闊，走下高腳小屋，樓梯一階階放著我們的鞋子。小實不穿鞋，沿著石頭路走出去，一對腳掌一顆石頭大。走出石子路，就是草原，小孩很神奇，總能找到遼闊地，跑一跑就澎起了滿裙子的風。

台東行之後問實喜歡哪一天，然後跟她回溯每天的行程，她說：「我喜歡很多天！」。

3y3m

半生不熟

繼續上第二期的芭蕾課，是小實的決定，以年紀來分班的話，她早該要從和媽媽一起的親子班畢業，獨立自己上韻律班。

雖然知道年紀與發展的速度是有落差，我沒有一到三十歲就擁有成熟，實也沒有一滿三歲，便突破Terrible 之後就理性與勇氣並濟。只是三歲真的好像一個門檻，她比較有能力滿足自己的不安，也能因為跟著我們做事情而理解世界的運作，我們也因為漸漸了解她而有默契。

生日儀式是需要的，她在那天之後為自己多了一個「姊姊」的定義，常常說：「我是大姊姊了！」這個姊姊也只不過是大過獸與爬蟲寶寶，卻是她長大的一個里程碑。

我們提早到教室，看了幾堂小實說是「姊姊課」的韻律班，然後繼續上親子班；有時她會做一些姊姊班看到的姿勢，像在預習，不要空白著去。我們每週都會問：「要提前去上姊姊課嗎？」問到三歲已經過了四分之一的時候，她說好。一起在口頭跟心裡都說了一週，一去上姊姊班的那天，我自己有點難過，她頭也不回的雀躍進教室，有回頭卻是在喊：「你不要進來啦～」哇，原來我是人家講不要我就好想要的媽媽，硬要進去一下，被自己的小孩趕出來。

這樣的分開好像從子宮再次脫離。

而其實早在她獨自於後座的時候，一種成熟的表情常在她看窗外的神情裡。

好像也明白人一生的矛盾，就是處在一種半生不熟的狀態，不是生疏，但也不到成熟。上姊姊班的她是，離開親子班的我也是。

III

家事

我做了一個夢

夢裡我母親

跟她的今生所愛在一起

膝下無子

我從沒見過她如此幸福

——露琵・考爾〈要是當初〉

吃飯三事

1. 泡奶

70 度 C、140ml 的奶量，拿到冷水下沖 40 秒，玻璃瓶身通常還是滾燙，燙的手皮往上爬到塑膠環的那種。繼續沖，但站在洗手檯前的耐心總是不夠，不夠奶瓶冷卻，哭喊的耐受力也還在訓練。

最怕是大哭了。大哭了，救命，急忙關上水，擦擦瓶身，準備交卷。

洗手檯到小實約莫十步的距離，一路一面搖一搖，要再它降溫一點。有時候奶會從關緊的奶瓶裡噴洩，幸運的話在洗手槽，常常拖累進度的是噴到木頭地板，多想按下暫停鍵，讓我先處理這個會留下痕跡的程咬金，再重新關緊，走下去。

十步也是很遙遠的距離，一天四到五次，都像在走天堂路，我的心是匍匐著前進，奶嘴堵住的不只是哭聲，還有我對人生的美好想像，都先滿足於她仰望著喝奶的表情。媽媽的快樂就是這麼的樸質無華，看她手舞足蹈是喝到荼蘼，乾杯一樣喝完，她的飽足感是我最想留住的小幸運。

不過，前陣子的幸運被水逆替代，喝幾口就轉頭哭泣是常態。寶寶苦，寶寶都不說，什麼大哭當問候。跟小孩學最多的是消化情緒，對一個嬰兒生氣不如把氣出在老公身上，他還會把你疼回去，我是有了小孩才學會溫良恭儉讓的。

2. 做飯

有次晚餐，搬實坐過來廚房看我們做菜，她一直講話（發出她新學的聲音），不時揉眼睛，歪頭可愛的等待。等到菜好要上桌時，用她最愛的柳橙當開胃菜，她竟然雙手往後擺，怎麼樣都不碰不吃甚至瞇著眼睛哭喊，不看。接著愛的牛肉也是。

我就放棄的說，她想睡了。

咚說她現在不是睡的時候，也睡不著的。

我也不知道怎麼辦，就吃起晚餐。

咚把實抱起來在腰上，疼了她一下，玩來玩去，像是彌補剛剛做菜冷落她的道歉。

他就是一個這樣溫柔的人，他的行動比他說的話更多，我就是因此在他面前非常的低，比張愛玲的塵埃還低，他說教的時候我絕對不會回嘴，只會哭自己的不是。

小實再次上桌時，心情很好，食慾也開了，也不生
剛剛讓她坐冷板凳的菜的氣了！吃了起來，一口一
口，回歸她平常吃播的姿態。

我才明白她的感覺已經敏銳，即便她還說不出來，
但心理已經能夠讓她反應出來。不願被置之事外，
不願享用如被背叛一般的菜。

3. 吃小黃瓜的方式

晚來一個禮拜的蔬果箱裡有一袋小黃瓜,而我們前不久才收到怡欣送來一袋爸爸種的小黃瓜。清清脆脆的,就有十幾條。

下意識要把它們醃了當小菜,咚加了咚母做的醋,我吃了幾口想起什麼似的,切了一段辣椒丟進去,等香氣出來,記憶就猛烈的,想起媽媽了。

我明明跟涼拌小黃瓜很熟的。我忘了,因為我媽很久沒做了。

每次開飯前,她都會快速的醃一盤小黃瓜和海蜇皮,給爸爸當下酒菜,再遞上一雙筷子。

我在爸爸喝啤酒時吃,趁著他的那一口啤酒,一片一片挾,兩雙筷子輪流吃,一下就空盤。

媽媽做的小黃瓜幾乎吃不到小黃瓜本來的味道,主風味是壓扁的蒜,和嗆人的辣椒,吃完嘴巴都是那

個味道，你知道但是你停不下來。

爸媽感情有了變化之後，媽媽也不會為了要給爸爸
下酒做這道菜。

而我也已經要快忘記，是吃到咚隨意醃的小黃瓜，
才像一個記憶的偵探把味覺拼起來。

切了辣椒，嗆到的那一口就知道對了，然後少了那
份濃郁的，是蒜。但我怎麼加都不夠，不知道我的
媽媽是加了多多。

媽媽做的小黃瓜是濃口的，帶點愛慾的成分。

想起去年為誠品提案做的「文學裡的烹飪報導」，
做了村上春樹在《挪威的森林》裡，渡邊去探望綠
的父親時，為了引起他的食慾，而做的一道菜。極
其簡單，是我們後來時不時把小黃瓜當零嘴吃的一
種吃法。

作法就是：小黃瓜切段，用海苔包起來，蘸醬油。
結束。

渡邊說是：「既簡單，又新鮮，有生命的清香，很好的小黃瓜噢，比什麼奇異果更正點的食物。」

奇異果顯示為躺著也中槍，但穿著海苔大衣的小黃瓜先生，真是平凡又清爽，滿足了生命對吃的渴望。

「覺得東西好吃是一件好事，就像是活著的一種證據。」渡邊會做出的這道菜，我覺得是村上春樹以食物洞察人性的一種表現。

要是厭倦了在家不停跟溫飽的廚房搏鬥，簡單的菜啊，最能撫慰廚房恐懼症，和味蕾的成就感！
而簡單的菜，也會慢慢摻進生活與愛，變成自己家的風味。

0y8m

家具

明明也沒有特別的勞動，我的一天，就是在餵奶，
盯著吃飯，收拾滿桌的菜，把椅子擦乾淨，洗奶瓶，
哄睡，在地上玩，在這之間專心工作，有時滑手機，
有時賴在沙發上偷懶度過。在家的時候我彷彿一直
工作，如果這也是一種 work from home，早從生完
小孩我就超前部署了半年之久。

我不知道是無聊消耗了我，還是愛戀小孩的眼光，
自溺的成分太多，這樣的日子我覺得過得算很不健
康。

每當這個念頭興起，我就想更認真在這些無聊裡。
如果每天的基底大概都是如此，像一杯稍微苦澀的
濃縮咖啡，第一天加氣泡水，第二天加燕麥奶，第
三天擠點檸檬倒通寧水，第四天打發鮮奶油，做冰

滴奶油。

我試試看啊，今天五點我就把喝飽的小實接過來，很帥氣對爸爸說：「你睡，你再去睡，我來。」我們之前也散過步的，只是我覺得散步很無聊，很懶得再去走一樣的路，但社區有很多通往神祕人家的小路，今天又繞進一條新路去，捕獲發懶的貓兩隻，都在一樓人家的屋簷上。小實在回程搖搖晃晃的睡著了，回家直接把她放在床上，發現爸爸也睡倒在沙發上，真可愛，他們今天沒有一起散步，倒是一起睡著了。

醒來之後，聽到一對母女最後一面是在快篩站的故事，媽媽確診後已是重症，不插管很快就離開人世，遺體還要很快地在 24 小時內火化，母女在快篩站之後沒有見到面，沒有道別，人生很多時候把話留在心裡，來不及說的話就不見了。我馬上問：「你有

沒有話要對我說？」

他一邊擦我們剛剛組好的櫃子，一邊嗚嗚耶耶的發出聲音。

「你在哭嗎？」

他轉頭大哭了起來，然後走過來。

我也從沙發站起來，「我很高興遇見你。」他說。

又大哭起來說：「我想到我要跟你說⋯⋯」

他指一指周遭的家具，指這個家：「這些都是外在的東西。我要是不在了，這些外在的東西都不重要。」

「重要的是心裡，有我們在一起的回憶。」

「這個不會消失。」

因為小實的誕生，我們一點一點地把家重組，打包，清空。

前幾天把混亂的儲藏室加了櫃子，把紊亂排列整齊，把不要的東西一箱一箱丟棄，有些箱子本來劃分到待丟區，在丟之前又收回來。真正的不要還是需要一點時間，那些東西都有一些記憶。

接著長桌也整理好了，咚說下一個是衣櫃，衣櫃是他一直不想觸碰的地區，我想每一件衣服都有很多漂亮的回憶，現在也已經都穿在他的心裡了。

他跟我不會消失的同時，我知道他心裡也準備好不需要太多外在的物件；能夠留在心裡，是一個很不容易的過程，他走過了，也留下了。

之前哭得太慘，我沒來得及跟他說，我是遇見他很幸福，才知道幸福，是一個要走得稍微辛苦，才會獲得很多眼淚和快樂的東西。

其實他給的所有疼惜都已經將我的心過分延伸，把幸福超載的不可思議。心甘情願每個被罵的時刻，

悶不吭聲都是在說我知道我錯了，而且還很想改
進，改到沒有再被罵的可能。願意承擔他會先離開
的風險，明明已經被訓練得非常不獨立，但還是要
深陷下去，也不想他再次承受愛人先離開的可能。

從日本偷偷訂好戒指求婚，也是因為他已經求過
婚，如果可以，他給予過的愛，都換我來給他。

1y1m

安慰

過了很糟的幾天，每天早上，都似乎嶄新的要和昨天不一樣，實則以差不多的行徑，哭成一天的無奈與漫長。Grace 一家來訊，問要不要來家裡簡單午餐，相較於以往時常社交，我們變得有點害怕出門，總覺得任何變動、新環境，都會破壞這個小孩一直建立不起來的生活時序，也怕打擾別人、還要照顧我們，新手父母可是連自己都照顧不來的燙手山芋，幸福有時和這股太過陌生的悲傷相抵。最近的情況是還能再更壞嗎？多想被照顧。

一進門，溜滑梯佇立在客廳，小實馬上起了玩心，好奇想看看這個龐然大物怎麼駕馭。Grace 在廚房的老位置料理，她總說不麻煩、沒要緊，都是冰箱裡的菜。一面輕鬆關照著我們的疲憊，一面就送上

了冷盤前菜，她和 Kevin 是做父母很好的前輩，即便小廖才不過大小實兩歲，他們總是輕淡的，早我們兩年的經驗，讓我們知道一切都會過去，小孩的天生習性要花時間認識和適應，每個家都是這樣過來，而可愛，也是這個時期獨享。

○　○　○

在溜滑梯上步伐蹣跚的小實，比起在家裡歡，確實可愛多了。彷彿從迷失的汪洋被打撈上岸，光是用餐就夠明亮內心和黑眼圈的深邃晦暗。我細數 Grace 說的簡單午餐，義大利麵上有花枝、鮮蝦、蛤蜊和干貝，奢侈的蓋過麵條，也覆蓋了沮喪。

這是我第一次感受到料理是安慰，Grace 料理時頻頻回頭，只是談談最近的事情，卻讓人感覺盛情。這頓飯吃到心裡，是初為家長很重要的一次喘息，他們以過了這個階段的溫暖，為我們展示家就是一個要持續前進到達的地方。

1y3m

相像

今天也是平凡的一天。早上起不來，但要去泡奶，喝完奶換尿布，賴在沙發上等醒來，做早餐，在廚房流理檯面吃起來，上學又遲到的，今天和每一天一樣，都是這樣開始的。有小孩的日子規律，嬰兒的生理時鐘，就是鐵的紀律。

但是，每一天她都不太一樣，她越來越不只是嬰兒，更像個人。

我在想，像人的因素有什麼？① 脾氣，她早就有了，但哭，不只是不滿，她的脾氣裡漸漸有情緒和慾望。

她一邊皺眉頭，一邊會把飯碗推遠一點，這是「不要」；而「要」也很動物性，常常不經意地指著那

盒不想給她吃的餅乾，或是伸手向刀處，要我們把玉米切下來──都是她可愛又粗暴的要。在嬰兒二分法的世界，只要決定要或不要，就能繼續向前。

像人的因素②── 有掌控主導的意志

她喜歡開關，轉動的或是推壓的，她喜歡操控把手壓著推出去，就轉換了空間，她喜歡關門開門，自己主導躲貓貓的節奏。但她還是很黏，不只是母親依賴，是想站在你的高度看你在上頭忙什麼為何都不理我。只要看著你做菜，她就有耐心等待。只要打開鍋蓋，不論煮什麼多普通的菜，即便熱氣滾滾看不見鍋內，也可以讓她發出「哇～～～」。她的掌控，是想要跟你同陣線。

像人的因素③── 喜好

當我們說她不愛吃，我也是比起紅蘿蔔，玉米是一

粒也不會放過。今晚燉了主婦一條龍食譜的湯，我喝了三小碗，她喝了兩小碗，我們不分軒輊地一起喝掉半鍋。相像這件事，在味蕾也是有跡可循。

她喜歡翻書，因為比起玩具，家裡更多地方都是書，但她翻書不一定是喜歡書，她更喜歡你，想做你在做的事情。她還喜歡打鍵盤，她是用打的，因為她看你也打出很多聲音。我可以感受到，做一樣的事情，是她表明喜歡的一種靠近。是不是，非常浪漫。

像個人，或是說長大，就是一舉一動，都映照著你也有的喜好和個性。其實，我們都沒辦法給她太多新的東西，父母給孩子最多的是自己。

我們沒有選擇餘地的，與我們的家人如此相像。
一家人，就是親密生活養成。養到她不願再親密，

就能長出自己的個性。

這就又可以再說很多很多了。

我可能害怕像我媽媽，但越長大，你就越像得徹底。
那是逃避的時候，都推託說沒有力氣，不願到外頭
去，寧可一直睡覺，睡起來讓時間忘記。積極和
消極的頻率，不成比例，都是偶爾一來就用盡全力
打掃家裡，但平時都東落西掉，只願花一次全力。
然後最像的是，我們都在逃避自己的媽媽，哈哈哈
哈，這點是真的，我希望以後小實別延續著相像。

1y4m

可以跟我一起站在門口了

把她放下來，在書包裡找鑰匙，她站著等。這個瞬間很奇妙，從抱著——沒有行為能力的角色，到可以站成一個獨立個體。

她雙腳有力、她平靜、她知道這個流程是等下要進去，這個小小瞬間隱含許多成長的認知。一歲四個月，因為這些分化，我們不需抱得緊緊，也有默契。即便這只是一分鐘，我把你放下來等開門。

我沒想過，原來離父母越來越遠，是因為我們自體有了安全感！

1y4m

吃飯

老師有天的紀錄是，小實在午覺之間，喝了 100ml ！
這是一個醒著很難有的數字。我本來想，順著小孩
的要喝不喝覺得不用勉強，情緒不好會兩敗俱傷。
可是，有時是需要觀察的，孩子肚子餓的跡象不一
定是哭，就算餓了也不一定用奶可以解決（有時實
只是想大口扒飯）。

睡著時吐掉奶嘴，是一種飢餓的訊號，趁這個時候
餵奶，可以飽足也可以睡得更飽。兩天下午都這樣
餵，半夜小哭起來的時候也連續喝了兩瓶 50 ml（醒
著的平均奶量），夢中的小實肯定覺得奶是很好喝
的東西吧。

禮拜二從醫院離開以後，不知道是不是我說了：「我

們要努力吃飯，這樣就不用再回醫院來。」

她的食量在晚餐明顯變大，原本不吃的高麗菜、馬鈴薯、豬肉、雞肉，都可以連續好幾口，媽媽十分感動。

面對小孩的不定性，預設立場是不必要的心魔，而是要跟著孩子吃的意願調整，這點爸爸總是努力的比我還到位。一樣看了法國的食慾課之書，我的想法改變，再奇怪的食物我們都一起試試，想開闊味蕾的彈性～

他給自己打的強心針是：不吃的東西，吃十次就吃了。繼而我們每天晚餐煮，從小實喜歡的料理方法去變化，燉得爛爛的湯類，煮很久，煮到肚子好

餓，小實食慾還會變好。本來不敢讓她等待的。

我也試著讓吃飯變好玩，跟她逐一解釋這塊小小的食材是什麼東西，跟著念看看，進食變成遊戲。這點小實很吃～

別忘了小孩是生來世界上玩的。於是，我們家吃飯的氣氛，漸入佳境了。

一起煮，一起吃，當然很理想；但也有偶爾疲累的時候，大人叫上鹹酥雞配啤酒，小孩的則覆熱前天剩的燉菜配白飯，再配上剛剛到貨的草莓。

各取所需，一張餐桌上，一起，也不一起。

1y8m

做決定

這幾天送小實上課前，我都好焦慮，我相信咚也感覺出來了，因為去到學校、都要愧對老師對我們回應的期待。

明明要回應的是很簡單的事情：小實下個月的送托時間。

兩個自由工作者，對於一個月分的時程安排，每個月都要焦慮一遍。

費用當然是考量，但更捨不得錯過她每個微小的成長變化。她想要卻得不到的時候，會左右搖擺身體，上次還原地轉圈，轉到頭暈暈，讓我們忍俊不禁去攙扶她。最常的表現是按頭敲桌面，敲三下，然後五體投地。動用全身的力量在表現她內心的不

如意，我們長大之後多會用壞身體，生悶氣。而她這麼小就有自己排解的能力，我覺得嬰兒對世事的消化機制，很值得學習。

成長的每個變化都是突如其來、又倏忽而去。
我們沒有辦法做好準備接招，成長的本質是如此令人驚奇。

她不再能好好坐著吃飯了，她喜歡邊玩邊吃，小口的吃，比較好吃；她不再只依偎在背巾裡，她寧可自己走，走到走不動也不要抱，她原地蹲下就可以再走個……五步。
她會說「跑步」，我們從繪本裡學來的動作，她把手彎著、快速揮動地用動作複誦，身體前傾和跨一個大的步伐，加速她的前進，她可以走得好快，知道回家的路要在這個樓梯轉彎，她快要可以自己走

回家了。

她知道垃圾車來的時候要跑去窗邊，要在哪裡轉彎才能走到公園。

我們永遠都不知道她小小的腦袋已經畫出了多少路線。

致力於兒童權利的波蘭醫生柯札克（Janusz Korczak）說：「沒有一本書、一個醫生能取代個人警醒的思緒以及專注的觀察。」從小孩的權利回望父母的自省，他認為：「塞給母親現成的想法，等於叫一個陌生女人去生你的孩子。」

我們總算做出月托的決定，並不全然是要有自己，而是在逐步經歷各種托育的組合，看到我們和小實都有了習慣的步調之後，所做的決定。

2y2m

跟她在一起時間過得很慢

有時是漫長而難熬。

我每天都有星期五晚上下不了班的惆悵，沒有熱情
的加班，重複的拍拍屁股像開著電視睡在沙發上那
麼不乾脆。

有時快樂的很快。

快得像她小步跑步、步伐蹣跚，總覺得快要跌倒去
扶的時候，她就站好給你看。

2y11m

很小的事情

「她轉開紅玉冷泡茶的鋁蓋，聞蓋面的香味。」
這是好小的事情喔，走進茶葉的店舖或是香氛、蠟
燭店，都會要人聞的不是主體，而是蓋子，不知道
是從什麼時候開始，實也學會了這樣聞香。

打包

過了關西，雲襯出陽光，變得好立體，台北的溼冷成了很遠的事情。

已經兩點二十三分了，早上九點起床開始打包，這個早上過得很不容易，我打包得很千頭萬緒。深怕六天五夜，少帶了什麼東西，加上冬衣稀缺，很難配好要拍照的搭配；加上感冒，吸鼻器、夾子、胃藥器，一個小孩所需的東西，完全是急要且必須，很懷念背包旅行的輕盈，少帶就將就，也是一種奢侈。人生的感受，都是經驗比較而來的相對值。

花了三小時，打包的才算滿意。無印行李箱是第一次出差去金澤時買的，記得在趕路的路上，同事幫我拖，就拖壞了至今。那時的心疼現在還記得。當時一人份的購買意圖，沒想到現在它也要乘載一個

家庭。放了寶的衣物就用了三分之一，咚是四分之一，而我的洋裝一件被摺得好瘦，可就又佔了四分之一……，於是衣物終要淪陷到行李箱的另一側，以往都放置雜物的那一側，並且留有放紀念品的空間，現在則是塞滿了實用的考量，彷彿我的人生，已經暫時沒有多放什麼進來的餘裕。

找到解法了嗎

咚比較細心，說要順著她的慾望給出一個終止點。比如，鬧鬧說還想再騎車（在要上車出門之際），我可能會生氣說不可以，然後把她強制抱起；咚今天是說：「那你騎到路口我們再上車」；騎到路口的實沒有要停駛，我接續說：「這邊來回好多車車，看不到你在這裡，我們開車換地方騎。」有危機意識的實，很快讓我牽走腳踏車，放在前座，自己爬上車。

說要吃飯飯，上車不久她很快睡著，我們讓她多睡到自己起床，看見她睜開眼睛，跟她說：「我們要去吃飯飯了！你怎麼睡著了？」於是她笑著起來。（有鑒於昨天到近晚餐才睡，下車抱上推車，她醒

來的很不愉快。那是一個沒有在顧她轉變，逕自換
行程的狀態。想像你安穩舒適的窩在一處合身的地
方睡到一半，被搬到另一個四肢被張開、寬敞的地
方，失去安全感。）

吃完東一排骨，走了 400 公尺說是三分鐘的距離去
山小孩喝咖啡，小實一路跑跳很開心，沒有在東京
趕場的緊張急迫，路上行人少，好像才是真正在過
假日。連上樓梯都要全程自己來，不要扶。只是還
沒喝完就要離開，跟爸爸去北門草地上走坡走石頭，
很快樂。

我們回程去騎腳踏車。爸爸踩在腳踏車後根、蹬著
腳步像滑板車，把小實連車帶人蹬上斜坡，讓她自
己滑下來，滑到後來她都要自己來。連搬下樓梯都

可以雙手扛。但走不動，終於穩定的說：「我不可以」，要媽媽幫忙。

無痛離開，說去吃地瓜球，跑第二家才開，很好吃。她聽到店「有開」的關鍵字，就在座椅上笑開懷說：「好開心喔！」講了好多遍。很開心，三人很快吃完這個壞東西。

○　○　○

我開始會堅持要實睡，我不再放任她要睡不睡，我的關鍵是，時間體力到了，要睡！給嘴嘴，抱起來，咚放音樂，感覺已經在睡，其實是睜著眼攤在我的右肩。只要她肯休息都是好事情，作為一個三分人顯示生產者，小實醒著時就是在混亂與勞動中度過，要到非常疲憊才肯休息放鬆。不過，我們一

樣的部分是很適合到處去接觸新的能量，會給我們
許多新的記憶與想像，這點在每次外出後回來我都
覺得如實。

睡飽的小實也期待吃飯。在東京跟她說：「腳踏車
要寄來了，說要吃多一點肉肉和飯飯，腳變長才能
踩到腳踏板。」那個踩不到的經驗讓她有了吃飯的
動力，唯有吃東西才能讓身體長大，騎到腳踏車，
我們連起了這段因果關係，她後來吃飯都很努力。
今天吃下一口口薑汁燒肉飯時，都會看一下她的
腳，看看「有長大嗎？」看得她冒出：「我有感覺
了！」長大了。
睡飽，有動力的吃好，弭平她的混亂和我們的焦
躁。

小實去上課

今天指定媽媽跟她走路去，路上我跟她說：「我會想你。」

問老師她最近的哭哭啼啼，尖叫與執著，老師說，這就是兩歲啊。

兩歲的父母陣痛期。

回家走得很慢，打開睦嶋咖啡的波塔巴，不論後來喝到怎麼好喝的新豆，還是習慣這個配方，聞到第一沖的氣味時，蜜與茶的溫柔，香的流出眼淚，要打「哭泣」的時候會打成「估計」。

局勢和小孩的成長都是可預測、但不知如何招架的變化，生活需要一成不變的溫柔鄉。

就像是去熟悉的餐館，都點同一道菜。

2y7m

記生病

實吐完，說想吃水果，去冰箱選晚上才在超市補貨
的水果們，選給爸爸切，可是爸爸還沒切好又盈滿
了吐意。

吐的時候一邊幫她擦嘴巴一邊擦手，知道她討厭髒
ㄅㄅ的感覺，好像觸覺是我唯一伸手可及的救援。
查了病徵說是沒有藥可以停止的，我想一直鼓勵
她，說你很棒，正在把細菌吐掉，讓它們都出來吧。
她沒有平常不適就鬧的嗚咽，即便眼角都擠出淚，
還有到了睡覺時間的疲憊，肯定好想睡，可是已洗
了三次澡，換了四次衣服。中間她說：「水果明天
再吃」。惦記著切好的溫柔，要留給明天。

實終於睡到打呼的時候，我去洗澡，想著沒有衝下
山就醫對不對，想著病徵輕重，想起《Homework》

裡，醫師尚潔給父母的提醒，面對病徵：「要觀察，不要大驚小怪。」身處被掏空的小孩心裡肯定更害怕，跟她解釋說明，治癒不了但是要穩定心情。

她時而睡到打呼，時而睜開眼睛，她邊睡覺還邊打哈欠⋯⋯她沒有再吐了，我是不是也該睡。

2y5m

太想控制了

和咚深夜聊天，我說我在新月的時候許願：讓情緒流過去，不用發出來。

我檢討，是我太想控制了。

哄睡實後起來，已經凌晨，喝了酒的咚在工作，臉上有憨紅的酒氣，說起話來依然穩定。和小實相處一天下來，只有在睡前，夜深娃靜，意識不清，最能彼此交心。

明明身處和我同樣的水深火熱裡，他卻以遠觀的角度分析戰局，試想該怎麼下下一步棋。

他不會要我聽話，不會要我改進，只是把「我們是有愛的家庭」掛在嘴邊，溫柔的情勒，要我思考對小實過分要求而不好的意圖與口氣。

「要她在不對的狀態下馬上改變，對她兇，她會不

知道怎麼辦，只會記得你很兇。」曾經在育兒文章看到的話，覺得很有道理，卻事不關己，他從生活經驗消化給我之後，醍醐灌頂。

我太想控制了。以一種暴力鎮壓的態度，蠻橫且極權。

我希望小實可以自己吃飯，我希望她不要咬一咬就吐出來，不要把餐具飯粒丟一地。我希望她對自己的脾氣有意識，我希望錯的事情不要再犯。我希望她懂得休息，玩到差不多就離開。我希望她也陪我看衣服、逛書店的時候，我會一直找吸引她注意的物件讓她留下來……。

我在自己也有慾望的時候是那麼努力爭取，卻在她有慾望的時候一直打壓。我忘記她很小，兩歲，生命才剛開始。

她不知道為什麼不對，她需要的是指引到對的地方。

面對很難的不吃飯課題，咚一直在想新的吃飯陪伴
方式。

他用創意，來取代我的脾氣。

兩歲的陣痛

這個月，小實就要滿兩歲半。

我感到長大，也明白每次長大都要跨過一個陣痛，陣痛是因為顧小孩而對人生有諸多不滿。

——為什麼哭哭啼啼？為什麼把一切都弄亂，亂發脾氣！

——為什麼我的朋友都在前進，而我把時間用在推鞦韆和哄睡，等她起床又要生氣。

這個檻，在二月末很痛苦，她時常大哭大叫大發脾氣，我知道那不是時間過了就會過去。是咚辛勤地在白天把實帶到公園去，深夜才工作，才把過渡期度過去。他是把自己交出去，是奉獻嗎？還是一種必經？

如果我們平日都送托出去，那麼，這個檻是不是就

不會過去。檻是生活上的摩擦和問題，用新的相處
方法代謝，才會真的過去。

一直被咚帶出門玩的小實，是不是因此在挫敗中獲
得安全感呢？所以挫折昇華了，不安成為面對事物
經驗值的一部分，而有了邏輯。

改變會有新的發現

吵架好幾天了，每天都因為實而有不同想法的爭執，那非常的消耗。明明認真檢視一天，卻一事無成。疲乏連躺下壓到了書，都懶得把手伸過去移開，希望就，一直躺著。

昨天我睡到自然（被吵）醒，因為實在哭，咚在生氣，她不吃飯之外，把食物都撥到地上了。咚用著非常大的聲音去提醒，我覺得我們一直在練習生氣或威嚴的原則，也一直在妥協於她只是一個小孩。

常常想，就順流、遷就過去，但是她已經幾乎都聽得懂了……也會表達，我是不是從來沒有理解到，她其實不是真的明白。

她用僅有的單字說：「阿猩」、「爸爸」、「睡」時，代表的是保姆老師轉譯給她的說明：「猩猩爸

爸在石頭上睡覺，小孩一直跑來吵他，他就把小孩
拎起來往後丟，小孩滾走。」

她一直還在吸收、練習表達。

最近她坐上廚房檯面，會用手套握著雙耳鍋子，左
傾右傾的擺動。學我在倒入油之後，把油鋪平的動
作。她一直在學習，接近大人，接近「能夠」。她
也試著要開火，很認真的去轉鈕開關。她很到位，
把看進心裡的料理的 SOP 都演練。

用眼睛在學習的時候，不會被語言誤導。

這幾天因為在趕兩個案子的文圖，非常疲憊，還有
咚那邊拍照的案件。每天，都好滿，好滿，還有一
天帶小實，只記得一直在抱，食物一直在覆熱，所

以吃得很累。我也自責，腦袋沒有料理的心思，她吃得不好，也吃得很餓。反映她在喝奶的量，睡前、睡中和醒來都要。這其實是飢餓的警訊，但在當下我卻只著急要她戒掉夜奶的習慣。然而，只要我將好好煮飯視為一個專案，會不會好一點？咚說了一句：「如果我們像主婦（一位很會煮菜的朋友）就好了……」令我大生氣，反斥責之前多少次滿懷熱情下廚，但實不曾因此激起食慾，我才逐漸失去毅力，為了沒有成果的事情，好難繼續下去啊。

人生剛起步，不就是在失敗中累積。咚強調，他的意思是我們要再多嘗試一點，她的胃口的確有在變好啊。

我應該試試的。看見高妍一個作業會交出好幾張圖，那種我認為的努力，現在是要用來經營家事。

明白我是非常在意工作與肯定，需要價值被認同，

即便我並沒有那種酷東西。那只是因為對自己誤會而一直追求的東西，但這也是人生一直在前進的動力吧。

我很感謝工作方認為我是適合的人，收到邀請便會一頭栽進；育兒則是我這方一直在提出邀請，卻總是受挫而歸。我可以把實不吃的東西通通吃掉，可是那個煮食的目的和渴望，會讓我退卻。

禮拜四早上拍照，下午我修圖，離接實回來只剩一個小時，我只好又覆熱隔夜餐來當晚餐。

實只吃了一口飯就不想再吃，我悲傷地去洗菜籃裡的小番茄，本來以為她不會吃，但只吃一口飯的她，維持著飢餓，對小番茄狼吞虎嚥。噴出小小的汁液，掉在草綠色的連身褲上。整個畫面顯得我多麼失職……只是，她吃番茄耶！

那個過去聞到是番茄製品就一口也不吃的實，已經

變了，我不能為一個一直在變化的小孩做任何愛吃不吃的定義。

嬰兒極具彈性，變化莫測，永不定型，就像咚說的，她正在改變，我們應該再努力。

今天早上八點起床，我們趕著要九點出門，昨天生悶氣的我刻意睡著不起，放咚一個人在廚房為稍晚的拍攝備料。因為大雨，拍攝的目的地臨時改到桃園虎頭山，實來不及吃早餐，在大雨滂沱的車裡很快又睡著。我們驚訝於「她早上可以不吃、早上可以再睡。」每次改變一些積習已久的作息方式，都會有新發現！一直到十點抵達目的地才開始吃早餐。

2y4m

事情歸位

哄睡完、烘衣服、洗澡、包貨完才晚上十一點
五十三分，又吵架了。

不外乎是對質著一件事的兩種做法。

他覺得晚上八點別洗衣服了，會吵到鄰居。我都用
省了一半時間的嬰兒模式了，他還是覺得快洗，
十五分鐘就好了，為著一小時又二十二分鐘和十五
分鐘不快。我說洗衣機裡有悶壞的味道，因為這陣
子忙，很久沒洗衣服了，還有整整四桶待洗，明天
又要出門整天。他只說好，要我等下不要睡著。
十一點了，我氣得興致高昂，我從沒聽見鄰居洗衣
服的聲音，他說他聽得見樓上的。把衣服送洗後，
我洗小實，一邊哄睡一邊哭出來。我很認真聽洗衣

機已經進展到脫水的聲音，所以很清醒，在只剩一分鐘製劑抵達洗衣機，程序完成的音樂還沒響起，就把機器打開來，來回抱了兩趟的衣服去烘衣機。

對立讓我恐懼，總是覺得自私所以站不住腳。用力對抗，守護我很想洗衣服的慾望。小實的衣服不夠了，去東京前也要把厚衣服都洗過了才行。我可以一整天待在家裡只為了洗衣和烘衣。

我需要事情歸位，不會再有三桶待洗衣物……不要擔心衣服不夠穿……掛記著換被單床單……但大件的總是排在最後的最後。

想隨心所欲地洗髒衣服，不用精心計算洗滌順序。如果我不是媽媽，根本不用在意。家事堆在腦袋裡，清空了又馬上堆積，洗衣籃、洗碗槽，如何得以每天都乾淨明亮。三人份的生活習慣與分量，沒得清掉，那是我們生活的證明，我不想為了這個爭執。

2y5m

有事，回家要說出來

咚最近常對我說：「我們是有愛的家庭」，來撫平我這一陣子喪心病狂的狀態。

我回應：「不要再說這句很俗爛的 slogan 吧。」

他說：「你不要再把以前家裡的壞習慣帶到現在。」

一時沒有會意過來，他繼續：「有事，回家就要說出來。」

回應早些時候我們談話，我說我羨慕他，連騎腳踏車騎到共和路，這麼小而對他跨出一大步的事情，他一回家就會和媽媽說。我嘀咕：「我回家都沒人可說。」

小實一出生，大家都說要常常跟嬰兒說話。跟一個不會回應、也聽不懂的嬰兒說什麼話？我總說今天

發生的事情，說久了，流水帳的事件慢慢也能延伸出心理的感覺，越說越全面。

到現在，有時候睡前，我們會回憶今天發生的事情，客觀的事件，已經有兩種不同的觀點。小實讓我練習回家說話。就像我常常要她「用說的，用哭的我聽不懂」一樣。

我喜歡她停頓時，會把同樣的字念成結巴的樣子，說到下一個字詞想到怎麼用之前，她的腦袋瓜，有好多想講的話，她不用訴諸於哭泣，說話令她有了思緒，過程裡便長出了理性。

2y2m

讓我們以小孩為中心

到高雄，朋友訂到了餐廳，要吃熱門的新宿內臟燒肉，我們好期待，帶著小孩也要一起，只是晚上九點半才能吃到。

帶嬰旅行的時間是被壓縮，九點半的我們通常已經上床了，旅人模式的小實很努力提起精神，但也終究敵不過想睡卻又想玩的意志，哭哭鬧鬧了起來。

我羨慕隔壁餐椅上吃著吃著就睡著的小孩，咚推她出去繞了好久，我體感有一輩子那麼長才回來。

有小孩後很難再與朋友們同步旅行，擁有時間的自由無度，很感謝這趟遠行朋友們用不同、但很自己的方式照顧實，讓我也被照顧。滿載愛的實，反應在她的不捨與自在。

不過到了隔天，我很沮喪，早上很努力地，做了很多不喜歡的事情，收行李，洗奶瓶，切水果……等等，以致晚帶實去吃早餐。入座小堤咖啡，以為是重溫舊夢，結果老闆娘看也不看人的表示「要用餐的話會等很久……」我膝反射式地低下頭要在地圖上查「麵包」當備案，咚抱著實說剛剛有路過一家早餐店，我一定是垂著臉說出了不要，咚的聲音帶著怒氣的要我抬起頭來討論，我心裡想這是審問。

「為什麼我忍耐了這麼多壞事，不能給我一份好一點的早餐？為什麼只顧小孩，只凶我？為什麼父母就是連吃個早餐的品質都要犧牲，而不是她來陪我吃我要吃的？為什麼都是我在擔憂，她要什麼就要馬上，不能等待和延緩？為什麼要因為怕她哭鬧而馬上滿足？」以上通通沒有說，累積在我心裡直接變成眼淚啪搭啪搭的流。

悲傷的感覺壓壞我的需求與本能，我的釋放是對實
溫柔，予取予求。讓我們以小孩為中心，習慣做父
母的心思是用來照顧小孩的。

河流

開很遠，去吃長板凳工作室。

40 分鐘的路程，貪吃的很抱歉。咚總是沒有二話，

不阻止，不棄嫌，不埋怨，不像煙火只有燦爛瞬

間。他不會說好遠，不會說不順路，不會說下次。

我說了想吃，他拎起全家就出門。

多像他待小實，他好像河流，讓我們的慾望有宣洩

之處，不阻塞便能舒暢。

他的心，是我們許願的地方。輕輕一點就能發出光，

路途遙遠，話語漫長，車陣之後會到達。

2y8m

如何撐傘

出遠門比較累的是，清晨七點起床，實大多會晚了午睡時間兩個小時之久才睡，讓醒來八個小時的我們也非常疲憊，總是筋疲力竭才休息，像是非常口渴才喝水，體內早已在缺水。

正當實終於睡著在推車裡，感到好日子要來的時候，窗外下起傾盆大雨。沒有預計臺中會下雨，沒有帶傘的整家人，就困在簷廊很短的餐廳外，緩步走向隔壁美術館，去借愛心傘，而傘撐不起整台推車。一個人撐傘是自在，兩個人緊靠在一起，是肩頭淋到了雨都甜蜜，兩個人與一台推車則讓很短的路舉步維艱，連去牽車都要思量方案 ABC，推敲時間、濕透程度、小孩會不會醒來。

最後決定咚一個人前行，我一個人顧兒原地等待，

各自為家撐起一部分的責任。

驟雨聚集了走不出去的人，在美術館外的遮蔽下等待。Y2K 的少女、像我一樣推著車的家庭、沿台階就坐下的母女……只有遊覽車的團客一個一個套上了導遊發送的白色雨衣，成為全場最有自信走去「雨林」的群體，即便他們不擅長旅行，遵從安排就夠有自信。遠方走來兩位優雅的身影，絲綢質地的裙擺沒有一點雨滴的痕跡，高跟鞋征服在一個又一個水窪上；大塊頭的爸爸牽著兩個小童兒子，臂彎裡還抱著一顆球，從我身旁奔進了雨裡，彷彿球賽還在繼續，攜手就更無所畏懼，濕透只是汗水而已；推著面向式嬰兒車的爸爸，一把傘只撐得住自己的平頭，小嬰兒在車棚和百分之八十的傘的覆蓋率下，是全場唯一感受不到雨的人。

被愛的時候沒有什麼可以傷害，愛比較多的那方就

算全身濕透也是一種達陣。

小心翼翼的人總是把傘撐向下一步的步伐，而不自覺被雨滴劃滿了後背；自信的人走得像晴天，傘下的漂亮是以自我為中心，沒濕半點衣襟，我投以羨慕和不可思議。

怎麼拿捏一場大雨對身體和行程的侵襲，怎麼撐好一把傘走在雨裡？一場雨的世界觀，一把傘的使用限度是，咚伸長手臂為嬰兒車的前端撐傘，車裡拿下來的傘要我撐自己，而我也想為他撐傘，於是這趟路乾爽的只有小實而已，一把傘保護了一個家庭的步伐，不要生病。

3y6m

有時候不需要明智的決策

大腦的新皮質發展最慢,是腦中最新進化的區域,負責高級思維能力,幫助我們在理解抽象概念後計畫和思考,做出一個明智的決定。

三歲六個月了,實在好快,實以手把玩軟骨當零食吃、喝到我第一次嘗試味覺有點複雜的味噌雞湯,吃到培根的時候,感到好吃這件事讓她的占有慾十分可愛。「我全部都要,你們都不要吃,全部都給我。」我好喜歡這句,霸氣,並且自不量力。她不在意喊聲之後,其實再吃兩口就吃不下。我們也在她無能盤算的慣性食言下,習慣她的吃完宣言,只是一種好吃的稱讚。這跟她表達我愛你,但卻不知道怎麼愛你一樣。

四月三日，清明前，烈日和暴雨交接、也有過怪風
胡亂的吹，天氣異象很多，早上來了場大地震。而
山有一種恆常，總能在傍晚時分明白，春末正是最
好的季節，空氣清明，風偕著夜色清涼，把我們吹
著走，過家門而不入，是因為想繼續吹風。我說好
舒服的時候，實說繼續走，我們在外面吹風。

即便她其實已經疲憊，即便我的晚餐還沒煮，雞肉
還在冷藏沒有拿出來退冰。總是接完小孩就擔心晚
餐的念頭，也被風吹散，走過一隻三花貓、一隻黑
狗的距離，才被理智帶回家去。

我喜歡實使用當下的方式，沒有明智之舉，就全部
都要，有風就要吹。她有抽象概念吧，知道下一餐
可能不會那麼好吃，知道夏天會把風帶走。她的決
定很隨性，因風而起。

我終於看懂她的不愛睡覺

終於躺在床上，早上八點半起床，在我們兩個午睡的時候，她下床自己玩，就一路到快十點才上床。十四個小時了，我也隨她到床上，希望她趕快睡的我，沒有心思浪漫的回顧一天，她卻冒出了一句：「媽媽我要帶爸爸去看樹蘭。」

早上趕時間，起床匆匆要去雲門上課，連早餐也沒吃。去公車站，保留了十五分鐘可以慢慢走的餘裕，天氣突然暖和起來，上週才在聞鴛鴦茉莉的香氣，今天就快要凋謝。實突然指向路的上方，有之前上課認識的植物，我很驚喜山上也有華八仙，四月是開花的季節，有點像接骨木的細黃花蕊很美。

我總把一條路走得只是過路，沒有把日常看進眼裡，

而她的好奇，日日都在褪去世界的包裝，讓過一條路，增色了它本來的四季分明。也才看到華八仙下的灌木叢，有著開滿米粒小花的樹，用 APP 查詢後，跟她說這是「樹蘭」，她說「樹懶」，就這樣記下並且喜歡。

三歲長得太快，有時候會忘記，她還在指稱事物的年紀，多識得一株植物的名字，她的世界就多一叢綠意。

早上已經過了那麼久的事情，就這樣在睡前被她提醒，她是怎麼運作記憶的呢？她也有了在睡前把一天都回溯的習慣嗎？

○　○　○

晚上也很可愛。

主動提起要吃藥水，說什麼都不用配（前兩天都要一口藥水一口餅乾或水果），這只是她吃藥的第三天，她偷長大的速率，就在這三瓶藥水、每次 12cc 之間。

雖然 12cc 還是要分五次，在那麼小的尺度間煎熬著，讓我在喝到一半時說，來吃堅果吧，她樂得下桌，短暫逃離增生出來的勇氣，像大人一樣吃零食就算一種逃避。選了小魚乾，吃完就乾脆地把最後 2cc 喝完，便把逃避用的小零食分享給沙發上的爸爸，父女倆老成地，賴在沙發上吃腰果和小魚杏仁，畫面很可愛，我在這之間送碗盤去洗碗機、收了一桶衣服去烘衣機。

他們異口同聲，要我一起當沙發馬鈴薯，實拿了兩本漫畫，史努比的給她，《尼采大師》給我。我們照顧她的方式變成她款待人的禮節，她很用力去理解，線條那麼細瑣的花生漫畫在說什麼，還解釋給我聽，但又被我漫畫裡的便利商店情節吸引，索性整本拿去。

只是我不行了，要她一起上床去，她拿著漫畫一起走，睡眠之於她多像是一片汪洋，書是她不要睡著的浮木，只要有力氣翻頁，就能提起精神。

用一種晚安曲式的規勸，降低那種很兇的權威，她才闔起了漫畫，但還是緊放在身旁，作為──抵抗睡眠的平安符嗎？

以平常的睡著速率，還夠我好好規劃等下要起床做什麼，沒想到，要說是出乎意料，或是本應該要，我才想好要做的事情，一個念頭跑過去的時間，她就睡著了。還在過敏性的咳嗽，所以睡上枕頭，讓

身體高一點，面向我，靠著枕頭的左臉頰像水果吐司裡的鮮奶油，擠出了鮮奶油打得十分緊密的一坨，嘴巴小小的，還是剛出生看到的富士山狀，我很久沒有好好的這樣記住她。

她仍然不愛睡覺，但時間拉長到我找出答案，我理解了她的不眠，是想清醒地探看這個世界的無窮盡，多看一些、就是多玩一點。不知道為什麼想起楊德昌說：「人的心靈世界是宇宙的整體，所有人事都在一個人的經驗之中。」

3y3m

我的餘裕與她的空間

三歲三個月，我有餘裕了。

能不害怕、不對四點（要做菜）來得太快而怨懟。

餘裕是能耐著性子做菜，而且終於看出來我的小孩會吃什麼了，並且知道冰箱要補什麼菜。知道有洋蔥和蔥會加分，總算識別了軟骨肉、肉塊和肉片，代表燉湯、燉和炒，知道有它們就夠滿足，能吃上好幾頓百無聊賴的晚餐。

還不到「會」，光是要「知道」，就花了三年的時間。我很開心，我還可以同時用烤箱、瓦斯爐和氣炸鍋。

餘裕是花很多時間買菜，路過而已也能買上洋蔥、花椰菜。知道有蔥有蒜，就能有的安心感。今天煮湯吧，湯裡下大黃瓜，實說喜歡湯香菇，而我斟酌

喜歡的效期，不要變成阿嬤上菜，聽到喜歡就一直煮。

餘裕是熬一鍋湯，三年了，總算記得先將排骨煮滾，再中火燜一下，才下蔬果，燉到透明再調味。明白煮湯是家庭的事情——單身難煮一鍋湯，兩個人不愛是因為會有剩湯，兩大一小的時候便可以一餐喝光。湯多麼的代表家，有家就夠煮一鍋湯。

三歲三個月，她開始有自己的空間。

實的安全座椅轉向前，不要我陪她坐後面，一開始什麼都要在安全帶裡轉身幫她弄東弄西，後來她必須自己把袋裡的奶油捲往上推，自己拿濕紙巾有時還自己解安全帶、開門。

上車的時候，她說：「我想聽妳的歌。」是 Mamerico 唱的〈shan-lila shan-lula〉，我們都叫這首「想你啦」。她問過兩次：「她怎麼唱得那麼小聲？」我一

開始說是不是音響轉小聲，後來發現小聲是物理性解釋，感性的是溫柔。

她終於在自己的帳篷睡過夜，學小廖姊姊佈置自己的房間。一個小童就此有了最接近吳爾芙的距離。
睡前在帳篷外吹頭髮，她過來抱腿說：「媽媽我很愛你喔」我說我知道啊，要她坐下來給我吹頭髮。躺進帳篷裡胡亂聊天，我冒出了一句：「剛剛忘了說，我也很愛你啊。」實每次，都是一樣的表情喔，我知道要去注意她的嘴角，緊閉起來很淺、還不到擠出酒窩地上揚，我會再看向她閉起來的眼睛，也像是在笑，很淺很淺，戲劇裡背著光的女主角都是這樣笑。
人在世上，不就是為了遇見這些感受而活，很難得的是，大概不是以多成功來決定遇見的機率。有很多扎實的幸福，都是平凡累積成的瞬間。

三歲三個月的媽媽是，感到今天太早自由，還想多跟她聊幾句，她就睡著。

夾心

作　　者 | 劉秉緯 ZZ

責任編輯 | 鄭世佳 Josephine Cheng
責任行銷 | 鄧雅云 Elsa Deng
封面裝幀 | 傅文豪 Anthony Fook
版面構成 | 黃靖芳 Jing Huang
校　　對 | 葉怡慧 Carol Yeh

發 行 人 | 林隆奮 Frank Lin
社　　長 | 蘇國林 Green Su

總 編 輯 | 葉怡慧 Carol Yeh
主　　編 | 許世璇 Kylie Hsu
行銷主任 | 朱韻淑 Vina Ju
業務處長 | 吳宗庭 Tim Wu
業務專員 | 鍾依娟 Irina Chung
業務秘書 | 陳曉琪 Angel Chen
　　　　　 莊皓雯 Gia Chuang

發行公司 | 精誠資訊股份有限公司
　　　　　 悅知文化
地　　址 | 105台北市松山區復興北路99號12樓
專　　線 | (02) 2719-8811
傳　　真 | (02) 2719-7980
網　　址 | http://www.delightpress.com.tw
客服信箱 | cs@delightpress.com.tw
I S B N | 978-626-7406-67-0
初版一刷 | 2024年05月
建議售價 | 新台幣420元

本書若有缺頁、破損或裝訂錯誤，請寄回更換
Printed in Taiwan

國家圖書館出版品預行編目資料

夾心 / 劉秉緯(ZZ)著. -- 初版. -- 臺北市：悅知
文化精誠資訊股份有限公司, 2024.05
216面 ; 12.8X19公分
ISBN 978-626-7406-67-0(平裝)

863.55　　　　　　　　　　　113005437

建議分類 | 華文創作

線上讀者問卷 TAKE OUR ONLINE READER SURVEY

剛剛好這個詞，
又怎麼能算是擁擠，
但也絕對不是
足夠揮霍的寬裕，
家庭有時候是這樣的。

————《夾心》

請拿出手機掃描以下QRcode或輸入
以下網址，即可連結讀者問卷。
關於這本書的任何閱讀心得或建議，
歡迎與我們分享 ☺

https://bit.ly/3ioQ55B